KB042879

Maze Hunter

메이즈 헌터 4

초판 1쇄 인쇄일 2015년 11월 10일 | **초판 1쇄 발행일** 2015년 11월 13일

지은이 이한빈 | **펴낸이** 곽중열 | **담당편집 팀장** 이범수
편집부 신연제 이윤아 김호성 김은경

펴낸곳 (주) 조은세상 | 출판등록 제 2002-23호
주소 경기도 연천군 미산면 청정로 1355
TEL 편집부 02)587-2966 | FAX 02)587-2922
e-mail bukdu@comics21c.co.kr

ISBN 979-11-5832-337-0 | ISBN 979-11-5832-245-8(set) | 값 8,000원

※잘못 만들어진 책은 바꿔 드립니다.

이한빈 퓨전 판타지 장편소설

NEO FUSION FANTASY STORY & ADVENTURE

메이즈 헌터

Maze Hunter

4

CONTENTS

NEO FUSION FANTASY STORY & ADVANTURE

Maze Hunter

메이즈 헌터

NEO MODERN FANTASY STORY & ADVANTURE

메이즈 헌터

Maze Hunter

1

성벽에 도착한 혼은 세실의 눈에서 눈물이 떨어지는 것을 보며 작게 한숨을 내쉬었다. 예상했던 상황은 절대 아니었다. 일이 꼬여도 제대로 꼬였지만 어떻게든 상황을 타파해 나가야 했다. 신은 이미 일어나 자세를 잡고 있었다.

"드디어 주인공이 납시었군."

"원래부터 나를 기다렸나?"

혼은 머리를 절래 흔들었다.

"쉬운 일이 없군."

강 너머로, 천화와 다테에게 신을 끌고 갈 수는 없다. 혼은 이 자리에서 신을 처리하고 가기로 했다.

혼은 안대를 뜯어버리고 모자를 집어 던졌다. 신은 혼의 모습을 보고는 실소를 지었다. 정말로 이 데몬즈가 고작 단 한 명의 침입자를 못 잡았다는 것인가. 신은 살짝 흥분한 듯 얼굴을 일그러트리며 혼에게 달려들었다.

신의 흑도와 혼의 용의 무구가 맞부딪혔다. 신은 힘으로 밀어붙였지만, 혼도 밀리지는 않았다.

'이런 놈이 있었던가?'

같은 각성자라 하더라도 신체능력에는 차이가 있었다. 한계가 사라진 초인들끼리의 대결. 단련하면 할수록 강해지는 신체 덕분에 오히려 꾸준히 수련하는 사람과 그렇지 않은 사람의 차이는 컸다.

혼은 보통내기가 아니었다. 첫 공방에서 쉽지 않은 전투가 될 것을 예상한 신은 작전을 바꾸어 혼의 마음을 뒤흔들기로 마음을 먹었다.

"뭘 이렇게 서두르는 거지? 어차피 돌아갈 곳도 없어졌는데 말이야."

"돌아갈 곳이 없어져?"

"그래, 이미 한니발 대장과 아르민이 강너머로 갔거든."

신은 혼을 밀어낸 뒤 말을 이어갔다.

"이미 너의 동료들은 다 죽었다는 거지."

혼의 눈썹이 살짝 꿈틀거렸다. 반응이 있었다는 소리였다. 신은 조금 더 도발하기로 마음을 먹었다. 그 어떤 고수라도 냉정함을 잃어버리면 허점이 드러나기 마련이었다.

"혹시 동료 중에 여자도 있나? 안됐군. 아르민이 곱게 죽이지는 않을 텐데."

여자 동료에 대한 이야기는 남자들을 흥분시키기 딱 좋은 것이었다. 혼의 입술이 순간적으로 꿈틀거리다가 이내 진정되었다.

혼은 고개를 절래 흔들며 말했다.

"좋은 작전이었다. 거의 성공했거든."

주황색으로 변하던 용의 무구가 다시 흰색으로 돌아왔다. 혼은 신을 노려보며 말을 이어갔다.

"급하게 돌아가야 한다는 걸 알려줘서 고맙다. 그 보답으로 빨리 끝내주지."

신속과 전투악귀(戰鬪惡鬼)

혼은 모든 능력을 동원했다.

혼은 신에게 시간을 줄 생각이 없었다. 흥분한 것은 아니었다. 단순히 처음부터 전력을 다해 찍어누르는 전략을 택했을 뿐이었다. 혼의 공격은 소름 돋을 정도로 침착하게 신을 공략해나갔다.

탕! 탕! 탕!

신은 당황했다. 혼의 신체 능력을 비롯해 무기 능력까지. 아는 것이 하나도 없는 상태에서 받은 기습이었다. 신은 뒷걸음질을 치며 겨우겨우 막아냈지만 결국 방어는 뚫리고 말았다.

"크윽"

신은 균형을 잃고 넘어졌다. 혼은 그 순간을 놓치지 않고 더욱더 빠르게 신을 공격했다. 신은 한쪽 팔로 공격을 막았다.

캉!

-강철신체-

혼의 팔이 살짝 저려 왔다.

신의 신체능력이었다. 강철과도 같은 강도로 피부와 뼈를 강화해주는 방어형 각성 능력. 신은 흑도 대신 왼팔을 사용해 혼의 공격을 막아냈다. 혼은 그러한 신의 방어에 당황하지 않고 계속해서 검을 휘둘렀다.

누가 봐도 신이 불리한 상황. 그 순간에도 신은 속으로 승리를 확신했다.

신의 흑도는 군주기였다.

그 이름은 흑사도(黑蛇刀) 과거 흑사병이라는 유럽 최악의 전염병과 비슷한 이름의 검이었다.

능력도 그와 비슷하다. 베인 자에게 절대로 치료할 수 없는 상처를 남긴다. 그리고 서서히 상대의 피와 살을 썩혀 죽음에 이르게 한다.

신에게 필요한 것은 아주 작은 상처였다. 아주 작은 상처 하나라면 최대 몇 주, 크게 베일 경우 당장 내일이라도 죽을 것이다.

또한, 신의 무기능력은 이차원 검이라는 것이었다.

이차원 검이란 잡고 있는 무기를 이차원으로 보내어 현실의 물체를 통과할 수 있는 상태로 만드는 능력이었다.

단순하게 말하자면 모든 것을 통과할 수 있는 능력이다.

신은 흑사도를 이차원으로 보내 성벽 밑으로 숨겼다. 흑사도(黑蛇刀)는 그 이름, 검은 뱀처럼 늘어났다. 그것은 성벽 밑을 스멀스멀 기어가 혼의 뒤를 잡았다.

혼은 공격을 멈추지 않았다.

신의 팔은 이미 만신창이었다. 살점이 다 떨어져 나가 피가 줄줄 흐르고 있었다. 아무리 강철 피부라 하더라도 군주기보다 더 단단할 수는 없었다. 결국, 혼의 일격에 신의 왼팔이 잘려져 날아갔다.

"죽어라."

혼은 검을 치켜들고 신의 심장을 향해 내질렀다. 베는 것으로는 이 강철 피부에 상처를 낼 수 없다. 하지만 한 점을 파괴하기 위한 찌르기라면? 아무리 강철 피부라 하더라도 신속의 효과를 받은 군주기의 찌르기는 막을 수 없을 것이다.

신은 날아오는 혼의 검을 보며 외쳤다.

"지옥에서 보자!"

흑사도는 먹이를 노리는 뱀처럼 혼을 향해 날아들었다.

"크헉!"

혼의 검은 신의 심장을 통과했다. 신은 입으로 피를 뿜어내며 혼을 노려봤다.

"어, 어떻게……!"

흑사검은 혼을 꿰뚫지 못했다. 혼은 마치 뒤에 눈이 달린 것처럼 검을 신의 심장에 박음과 동시에 옆으로 몸을 틀었다. 전투악귀를 발동한 혼은 아주 미세한 소리까지 잡아낼 수 있었다. 흑사검이 날아오며 들린 바람 소리. 혼은 그것만 듣고 신의 공격을 피한 것이었다.

혼은 신의 심장에서 검을 빼냈다. 신의 동공이 혼을 노려보다가 뒤로 넘어갔다. 혼은 신이 죽었다는 것을 확인하고 용의 무구를 창고에 집어넣었다.

"아, 피곤해."

혼은 중얼거리며 뒤를 돌아봤다. 세실이 토끼처럼 눈을 동그랗게 뜨고 쳐다보고 있었다. 혼은 그런 세실 앞으로 가 손을 내밀었다.

세실은 그 손을 멍하니 쳐다봤다.

"정신 차려. 짐이 되면 두고 간다."

"아, 아닙니다."

세실이 황급히 일어난 뒤 기절해있는 니클라스를 쳐다봤다. 혼은 그런 그녀를 재촉했다.

"뭐해? 간다. 알아서 따라와."

혼은 그렇게 말하고는 올라올 때 박아놓았던 단검을 이용해 성벽 아래로 내려갔다.

성벽 아래로 내려온 급히 강 앞까지 왔다. 그리고 수영을 하기 위해 옷을 벗던 중 뭔가 쓰라린 느낌이 들어 옆구리를 쳐다봤다.

"살짝 베였나?"

정말 상처라고 하기도 하기 뭐한, 마치 종이에 베인 듯한 상처가 옆구리에 나 있었다. 소리만 듣고 완벽하게 피하기는 힘들었던 것 같다.

혼은 작은 혈석을 하나 입에 넣고 물속으로 들어갔다.

◈

혼이 신과 싸우기 30분 정도 전. 아르민과 한니발은 강 앞으로 와 있었다. 침입자는 신에게 맡겨 놓으면 별 탈 없이 처리해줄 것이기 때문에 걱정할 필요도 없었다. 아르민은 몸을 풀면서 한니발에게 물었다.

"자, 수영 내기나 할까?"

"난 너처럼 근육 돼지가 아니라서 말이야."

한니발의 발뺌에 아르민이 고개를 절래 흔들었다.

"내기도 없이 수영하면 뭔 재미야? 먼저 가는 쪽한테 맥주 한 통 사기. 어때?"

"마음대로."

한니발은 대충 대답을 한 뒤 강으로 들어갔다. 그것을 본 아르민은 서둘러 한니발의 뒤를 쫓았다. 그렇게 조금 뒤, 성벽 위에서 탕탕! 거리는 소리가 들리기 시작했다. 한니발은 잠시 멈춰 성벽을 바라본 뒤 바쁘게 손과 발을 움직였다.

같은 시각, 마르타와 오노 쇼헤이는 천화와 다테와는 멀리 떨어져 앉아 작전을 짜고 있었다. 아무리 생각을 하더라도 잠입에 성공한 혼이 돌아왔을 때 자신들을 챙겨서 가지 않을 것 같았기 때문이다. 애초에 레야도 이 안전지대에 들어와 처음 만난 사람 아니던가.

"아마 버리고 갈 걸?"

마르타가 혀를 차며 말했다. 미궁에서는 믿을 놈이 하나도 없었다. 마르타는 오노에게 말했다.

"그래서 말인데. 그 남자가 돌아오면 말이야. 우리가 먼저 움직여야 할 거 같아."

"먼저 움직이다니?"

"왜, 남자가 빠져나왔다는 건 잠입에 성공했다는 거 아니야. 데몬즈는 모르는 상태일 테고. 그때 우리가 먼저 성으로 가서 말하는 거지. 어머~ 당신들 성에 잠입한 놈들이 있었는데, 그놈들이 다시 성으로 잠입할 거예요. 이렇게."

오노는 침을 꿀꺽 삼켰다. 마르타는 씩 웃었다.

"왜, 그 정도면 알토란 같은 정보 아니겠어? 그러면 적어도 우리한테 해코지는 안 할 거 아니야."

"히히히, 그럴 수도 있겠다. 저 다테라는 놈도 재수 없었는데 좋은 방법이네. 좋은 방법이야."

"그렇지? 거기에 보상까지 요구할 수도 있단 말이야."

"그럼 저 여자나 달라고 해야겠다."

오노는 낄낄거리며 웃었다.

"어?"

웃고 있던 오노는 갑자기 자신의 뒤를 바라보는 마르타를 보며 고개를 갸웃했다. 마치 못 볼 것을 본 사람처럼 마르타의 표정은 얼이 빠져 있었다.

"왜……?"

펑!

마르타의 얼굴로 피가 튀었다.

"남자는 필요 없지."

호랑이의 발과 같은 것이 모닥불의 빛을 받아 아주 선명하게 보였다. 이윽고 두 다리로 서 있는 듯한 호랑이 모습의 남자가 걸어 나왔다. 그것은 아르민. 데몬즈의 2번 대장이었다.

아르민은 모닥불을 밟아 끄며 말했다

"어이쿠. 여기에 미녀님이 계시네."

"처리해라."

한니발이 뒤에서 수건으로 머리를 닦으며 말했다. 마르타는 잠시 당황했지만 빠르게 상황을 파악하고 일어났다.

데몬즈다. 그들이 성을 나온 것이다.

"제길."

마르타는 벌벌 떨리는 손으로 창고에서 도끼를 가져왔다. 마르타는 도끼를 빙빙 돌리면서 아르민을 노려봤다. 아르민은 어깨를 으쓱하며 말했다.

"오우~ 우리 미녀님께서 왜 그리 살벌한 무기를 드시나."

그리고는 송곳니를 드러내 보였다.

"나한테 그냥 먹히면 될 텐데."

그렇게 도끼를 7번 돌린 마르타는 아르민을 바라보며 피식 웃었다.

"자신만만하구나. 그게 널 죽일지도 모르고."

마르타는 이길 수 있다고 확신했다.

마르타의 신체능력은 한 손 근력 강화였다. 그냥 근력 강화도 아니고 한 손이라는 제한이 들어간 능력.

누가 들으면 쓰레기 능력이 아니냐고 할 수 있었지만, 제한이 들어간 만큼 강화되는 근력의 양은 엄청났다.

거기에 무기 능력은 무게증강이었다.

무기를 한 바퀴 돌리면 2배씩 무게가 더해지는 것이었다. 처음에 1kg이었다면 한 바퀴를 돌리면 2kg, 두 바퀴를 돌리면 4kg, 3바퀴를 돌리면 8kg이 되는 것이다.

첫 도끼의 무기는 8kg이었다. 그리고 7바퀴를 돌린 지금은 1,024kg. 1톤. 이것은 날이 달린 전봇대를 휘두르는 것과 비슷한 수준이었다.

마르타는 아르민에게 달려들면서 도끼를 내려찍었다. 그것은 마치 1톤 트럭이 날을 달고 시속 120km로 부딪히는 것과 같은 위력이었다.

"받아라!"

아르민은 재빨리 손을 휘둘러 도끼를 들고 있는 마르타의 손을 쳤다. 1톤의 도끼를 억지로 휘두르던 마르타의 팔이 터지며 옆으로 날아갔다.

마르타는 비명을 질렀다.

"끄아아악!"

"아이고 위험한 거. 그런 거 휘두르면 못 써~."

호랑이가 앞발을 휘두르는 힘은 세상에서 가장 큰 사슴마저 일격에 보내버릴 정도로 강력했다. 아르민은 초인의 힘과 함께 호랑이의 장점까지 전부 가진 호랑이 인간이었다. 그런 아르민의 앞발 휘두르기는 다른 웬만한 능력자들의 필살기만큼 강력했다.

무기와 함께 각성한 신체 부위가 날아간 마르타에게는 희망이 없었다. 아르민은 그 상태로 마르카를 걷어찼다.

"끄으윽."

마르타는 팔을 부여잡고 바닥을 굴렀다. 아르민은 그런 마르타의 머리를 잡고 들어 올리며 말했다.

"뻗지 말라고 아직 시작이니까."

"그래 시작일 뿐이다."

한니발은 저 멀리 보이는 다테와 천화를 보며 말했다. 아르민은 마르타를 끌고 천화와 다테에게로 다가갔다.

◈

다테와 천화는 마르타의 비명소리가 들리자마자 자리에서 일어나 경계태세를 갖추고 있었다.

이윽고 어둠을 뚫고 마르타의 피떡이 된 얼굴이 나타났다. 그것을 들고 온 아르민은 천화를 보자마자 휘파람을 불었다.

"휘유~ 예쁜이가 두 명!"

다테는 천화의 앞으로 나가 섰다. 혼은 어떻게 된 것일까. 이 둘은 데몬즈에서 얼마나 강력한 인물일까. 과연 싸워서 이길 수는 있는 상대인가.

"너희는……?"

"데몬즈다."

자신만만한 태도. 다테는 강자와 약자를 보는 눈이 탁월했다. 야쿠자 생활을 해오면서 언제나 강자에게는 고개를 숙이고 약자에게는 주먹을 보여줬던 그였다. 지금 앞에 있는 두 사람에게는 절로 고개가 숙어질 것 같았다.

천화가 수호설을 꺼내 드는 모습이 보였다. 다테는 앞으로 나서려는 천화를 손으로 막았다.

덤빌 수 있는 상대가 아니었다. 천화와 둘이 힘을 합쳐 덤볐다가는 둘 다 죽고 말리라. 아니, 차라리 죽는다는 확신이 있으면 덤비겠다. 아르민에게 끌려온 마르타를 보면 인간답게 죽기는 글러 먹은 것 같다.

"도망치자."

다테의 말에 천화는 고개를 끄덕였다. 미궁에서 오래 살다 보면 강자와 약자를 판단하는 눈이 저절로 생기기 마련이었다. 앞의 두 남자는 강자 중의 강자라고 봐도 무관했다.

다테와 천화는 마치 연습이라도 한 듯 동시에 뒤를 돌아 달리기 시작했다. 한니발과 아르민은 그 서로 눈빛 교환을 한 뒤 말했다.

"대장, 내가 여자를 잡지. 어때?"

"아니, 내가 여자를 잡겠다. 넌 저 남자놈을 잡아."

"에이, 대장! 여자를 날 줘야지."

"남자가 더 빨라."

한니발은 그렇게 말한 뒤 달리기 시작했다. 아르민은 그런 한니발의 뒤를 따라가며 외쳤다.

"금방 처리하고 갈 거니까 죽이지 마!"

도망을 치던 다테는 한니발과 아르민이 쫓아오는 것을 보고는 천화에게 말했다.

"흩어지자."

"네?"

"우리 중 한명이라도 혼에게 이 사실을 알려야 해. 둘 다 잡히면 끝이야."

다테의 말에 천화는 고개를 끄덕이고는 방향을 틀었다.

"조심해요!"

"그래."

다테는 멀어지는 천화를 바라보며 점점 속도를 늦추었다. 둘 다 도망을 친다? 그건 현실적으로 불가능했다. 다테는 뒤에 남아 조금이라도 시간을 끌 생각이었다. 어차피 이 길드에 들어온 이유도 천화에게 몹쓸 짓을 한 자신의 죄를 뉘우치기 위한 것이 아니었던가.

"어라?"

달려오던 아르민이 다테를 발견하고 멈췄다. 다테는 이미 맹수화를 마치고 그 두 사람을 기다리고 있었다.

"처리해라. 난 여자를 따라가지."

"이거 재밌네. 기다리고 있을 줄이야."

아르민이 속도를 늦추었다. 다테는 한니발이 천화를 노리고 있다는 것을 깨닫고는 한니발의 앞을 막았다.

"여긴 못 지나간다."

"아르민."

한니발의 말이 끝나기가 무섭게 아르민이 다테를 덮쳤다. 다테는 아르민의 주먹을 막느라 결국 한니발을 뒤로 보내고 말았다.

"제길."

다테는 마지막까지 한니발의 옷자락이라도 잡으려 했지만 역부족이었다. 아르민은 미간을 팔(八)자로 만들며 다테에게 말했다.

"날 무시해? 기분이 나쁜데?"

아르민은 다테를 향해 주먹을 내질렀다. 다테는 철의 기운을 두르고 맞섰지만, 신체적 능력 차이가 너무 커 일방적으로 얻어맞을 수밖에 없었다. 그나마 다행인 점은 무기 각성까지 사용한 다테의 방어력은 아르민의 공격을 버티기에 충분하다는 것이었다.

'버티다 한 방이다.'

다테는 속으로 생각했다. 어차피 정정당당하게 실력으로 이길 수 없다는 사실은 이미 알고 있었다. 다테는 아르민이 허점을 보이기만을 기다렸다.

"귀찮군."

아르민이 인상을 찌푸리며 다테의 손목을 잡았다. 그 순간 다테의 손목에 뭔가가 칭칭 감기더니 다테를 땅으로 끌어 내렸다.

다테는 당황해 자신의 팔을 끌고 간 것을 바라보았다. 땅에 박힌 쇠사슬. 마치 죄수들을 묶는 족쇄와도 같은 것이었다. 아르민은 다테의 위에 앉아 목을 풀며 말했다.

"족쇄라고 한다. 너만 무기 능력이 있는 건 아니지."

아르민은 음흉하게 웃었다. 아르민의 능력은 족쇄. 손이 닿는 상대에게 여러 가지 족쇄를 마음대로 채울 수 있는 능력이었다. 이 족쇄들은 초인인 워커들의 힘으로도 끊을 수 없을 정도로 튼튼했기 때문에 이제 다테가 방어를 할 방법은 없다고 봐도 무관했다.

다테는 완전히 노출된 채로 아르민을 쳐다봤다. 아르민은 곧장 주먹을 들어 올렸다. 이대로 얼굴을 내려치면 아마 수박이 터지듯 다테의 머리가 터질 것이다.

"남자 괴롭히는 거는 취미가 아니라서 말이야. 미안하네."

아르민은 주먹을 내려치는 순간 다테의 눈이 빛났다.

차라리 이게 났다.

이렇게 족쇄에 묶여 반격도, 방어도 할 수 없는 상태가 좋다. 아르민의 방심이 극에 달았을 테니까.

다테는 있는 힘을 쥐어짜 오른손에 새로운 원소를 불어

넣었다. 그러자 한 글자가 주먹 위에 새겨졌다.

흑(黑)

모든 것을 집어삼키는 어둠의 기운이 다테의 오른팔을 집어삼켰다. 마치 개미지옥처럼 입을 쩍 벌린 어둠은 족쇄를 씹어 먹고 곧장 아르민에게로 날아갔다.

아르민은 다가오는 죽음의 공포에 잠시 움츠렸다. 그의 눈앞에 나타난 것은 게걸스럽게 입을 벌린 어둠이었다.

-심연의 아귀-

다테의 숨겨진 기술. 코디를 죽이기 위해 연마하고 또 연마했던 기술이다. 비록 혼이 코디를 죽이면서 쓸 기회를 잃어버렸지만, 이번에는 동료라는 놈들을 지키기 위해 홀로 수련하던 것이었다.

아귀라는 이름에 걸맞게 등장하는 순간부터 자신의 체력을 전부 잡아먹으며 나오는 녀석. 전투 도중에는 한번밖에 쓸 수 없고, 쓰고 나면 승패가 결정되는 일격 필살기.

다테는 도박을 걸었다.

"먹어라!"

다테의 외침과 함께 심연의 아귀가 아르민의 상체를 삼켰다. 그 날렵한 호랑이의 형태를 한 아르민이 피할 수 없을 정도의 기습. 만약 방심하지 않았다면 팔 하나 먹히고 끝났을지 모르지만 아르민은 비명도 지르지 못하고 심연의 아귀에게 먹혀버렸다.

다테는 아르민의 왼팔이 바닥으로 툭 떨어지는 것을 보며 몸을 일으켰다.

그가 사라지자 왼손의 족쇄도 마치 원래 없었던 것처럼 증발했다. 다테는 허둥지둥 일어났다. 심연의 아귀를 쓴 뒤라 다리가 풀려 있었지만 천화를 구하기 위해 한시라도 바삐 움직여야 했다.

가봤자 할 수 있는 일은 없을 것이다. 이미 싸우기는커녕 움직일 수도 없을 정도로 지쳐있었다. 하지만 자신이 1초라도 혼이 올 시간을 벌어준다면 천화는 살 수 있을지도 몰랐다.

"움직여라. 망할 다리야."

다테는 양팔로 바닥을 잡아 몸을 끌었다.

"죽어가는 사자가 기어가는 꼴이라니."

아르민의 목소리. 다테의 온 신경이 활동을 멈추었다. 뒤를 돌아보는 것조차 두려워지는 상황. 다테는 생존을 위해 두 다리로 서며 자세를 잡았다.

그 앞에는 발가벗은 아르민의 목을 주무르며 걸어오고 있었다. 오직 왼팔에만 천 쪼가리가 남아있는 모습. 다테는 머릿속으로 빠르게 현 상황을 정리했다.

어떤 식으로 생각해도 말이 되지 않았다. 팔 하나 빼고 전신이 날아간 상태에서 재생을 해버리다니.

아르민은 다테의 바로 앞까지 걸어왔다. 겨우 서 있는

것이 전부인 다테는 아르민에게 반격도 하지 못하고 있었다.

"꼴을 보니 못 움직이나 본데. 가장 괴로운 죽음 2위가 익사라고 하더군."

아르민은 다테의 팔에 철구가 달린 족쇄를 채웠다.

"그럼 물고기 밥이나 되라고."

아르민은 있는 힘껏 다테를 강 쪽으로 집어 던졌다. 차가운 물이 다테의 전신을 감쌌다.

'이런 망할.'

얼마나 날아왔을까? 다시 강가로 헤엄쳐갈 수는 있을까. 그런 생각을 하는 와중에도 다테는 아래로 가라앉고 있었다.

❖

다테가 물에 빠진 그 시간 천화의 팔이 또다시 허공을 날랐다.

'보호막이…….'

분명히 수호설의 보호막으로 공격을 막았다고 생각했다. 하지만 한니발의 메스가 수호설의 보호막을 마치 무처럼 잘라버렸다. 그 이후로는 방어할 방법이 사라져 일방적으로 얻어맞는 중이었다.

“빨리빨리 해버리자. 그쪽도 아픈 건 별로 일 텐데.”

한니발은 이해할 수 없다는 듯이 고개를 갸웃했다. 이미 천화의 죽음은 확정이었다. 고통의 누적으로 천화의 움직임은 많이 무뎌진 상황이었다. 이대로라면 목이 날아가는 것은 시간문제. 더 발버둥 쳐봤자 사지가 날아가는 고통을 맛볼 뿐이었다.

“무슨 소리야?”

천화가 매섭게 노려보며 말했다.

“아픈 것보다는 죽는 게 별로지.”

천화는 아랫입술을 깨물었다. 그녀는 고통을 즐기는 변태가 아니었다. 팔이 날아가면 정신을 놓고 싶을 정도로 아프다. 재생된다고 하더라도 고통의 잔상은 남아 끊임없이 그녀를 괴롭혔다.

그러나 천화는 멀리 있는 성을 보며 버텼다. 기약은 할 수 없었지만, 혼이 올 가능성이 1%라도 있는 한 있는 힘을 다해 살아남아야 했다. 그것이 목숨을 걸고 잠입한 혼에 대한 예의라고 생각했다.

한니발은 천화의 시선을 따라 고개를 돌리더니 고개를 절래 흔들었다.

“뭘 생각하는지는 알겠지만 네 동료는 오지 않을 거다.”

천화는 한니발을 쏘아보았다. 한니발이 혼의 정체를 알

고 있다. 그녀는 혹시나 한니발이 벌써 혼을 처리하고 온 것은 아닐까 걱정이 되기 시작했다.

"우리가 나서기 전, 내 동료한테 처리하라고 명령해놨지. 아마 지금쯤 죽었을 거다."

"그럼 확인은 못 한 거네?"

천화의 기습질문에 한니발은 고개를 끄덕였다.

"뭐야?"

천화는 미소를 지었다.

"그럼 살아서 오겠네."

천화가 혼에게 가지고 있는 믿음은 절대적이었다. 자신이 버티지 못해 죽는 일은 있더라도 혼이 오지 않아 죽는 일은 없을 것이다. 천화는 그렇게 믿고 있었다.

고작 동료에게 뒤를 맡기고 왔다? 혼은 원을 가진 상대도 죽인 남자였다. 한니발의 동료가 제아무리 강하더라도 혼은 어떻게든 이기는 방법을 찾아내 돌아올 것이다.

"헛된 희망을 품고 있군."

한니발은 중얼거렸다. 천화의 말에 순간 신을 너무 믿고 있느냐는 의심이 들기도 했지만 신은 최고급 군주기인 독사와 함께 누구보다도 강인한 육체를 가지고 있었다. 지구에서부터 일당백의 실력을 갖추고 있던 신이 질 확률은 1%도 되지 않을 것이다.

1%는 오차로 치부할 수 있을 정도의 수치다. 즉 버려도 상관이 없다.

그렇다면 혼이 신을 이기고 이 강을 건너올 확률은 0%. 불안감은 확인하지 못한 결과에서 오는 어쩔 수 없는 감정일 뿐이다.

그런데도 한니발은 만약을 대비했다. 만약에 그 정체불명의 남자가 신을 이기고 온다면, 그리고 그 남자에게 천화의 수호설의 보호막이 덮인다면, 그때는 전투가 생각보다 힘들어질 수 있었다.

"빨리 끝내야겠구나."

한니발은 작게 중얼거렸다.

"원(元)"

"크르릉."

원이 발동되자마자 옆에 있던 하양이가 울며 옆으로 점프를 뛰었다. 그와 동시에 천화가 옆으로 쓰러졌다. 마치 땅이 잡아당기는 느낌이었다. 움직이려고 해봤지만 움직일 수가 없다.

"으윽."

완벽히 구속된 것이었다. 무방비한 상태. 목이 언제 날아가도 이상할 것이 없는 상태였다.

천화는 빠르게 머리를 굴려 한니발의 능력이 무엇인지를 찾아보았다. 이 이상한 능력이 무기 각성이나 신체 각성은 아닐 것이다.

그렇다면 원인가?

원이라면 어떤 종류의 원이기에 움직이지 못하게 된 것일까. 천화는 생각할 수 있는 것들을 전부 떠올렸다.

"중력."

천화가 힘겹게 중얼거렸다. 땅이 끌어당기는 듯한 힘. 그것은 중력뿐이었다. 천화에게로 걸어온 한니발은 천화의 말을 듣고 고개를 끄덕였다.

"그렇다. 중력이다."

한니발은 무릎을 굽히고 앉았다.

"그러나 그걸 지금 알아낸들 무슨 소용이지?"

천화는 깊게 한숨을 쉬었다. 적어도 이 정보를 혼에게 알려줄 수만 있다면 최소한의 역할은 해내는 것이 아닐까. 죽지만 않는다면 말이다.

"웬만해서는 제압하고 싶었는데. 원을 보여줬으니 어쩔 수 없군."

원이 어떤 것인지에 따라 승패가 결정되는 미궁에서 한니발은 자신의 원을 아는 천화를 살려둘 수 없었다. 혹시나 살려두었다가 나중에 어떤 강자가 한니발의 능력을 알고 덤벼들지 모르기 때문이다.

"아르민한테 혼나겠네."

한니발은 잔소리를 들으면 어쩌나 걱정하며 메스를 천

화의 미간에 내리꽂았다.

"크르릉."

하양이의 숨소리가 커졌다. 한니발은 천화를 향해 내려가던 자신의 팔을 억지로 멈추며 몸을 뒤로 날렸다.

한니발이 있던 자리로는 푸른 광선 하나가 맹렬하게 지나갔다. 한니발은 푸른 광선의 출처를 향해 고개를 돌렸다.

하양이는 기침을 하더니 축 늘어졌다. 조금 전의 일격으로 기력을 다한 것일까, 하양이의 배에 푸른 기운이 반짝이더니 이내 사라졌다.

천화는 사지를 결박하던 중력에서 벗어나 벌떡 일어섰다. 한니발의 집중이 끊기면서 그의 원이 사라진 것이다.

천화는 몸을 일으킴과 동시에 축 처진 하양이를 들고 강가로 달리기 시작했다. 적어도 한니발의 시야에서 사라져야만 그의 능력에서 벗어날 수 있을 것이라는 예측에서 비롯된 행동이었다. 물속으로 숨는 것이 한니발에의 시야에서 도망치는 가장 빠른 방법이었으니까.

"어, 아직도 못 끝냈어? 대장?"

그렇게 달리던 천화는 자신의 앞을 가로막는 거구의 모습에 발걸음을 멈췄다.

아르민.

다테와 싸우고 있어야 할 아르민이 바지 하나만을 걸치고 나타난 것이다. 이것은 즉 다테는 패배해 죽었을 가능성이 크다는 것을 뜻했다.

아르민은 천화를 발견하자마자 발을 들어 천화의 옆구리를 걷어찼다.

"커헉!"

한니발에게 맞았을 때와는 차원이 다른 충격이 심장으로 전해졌다.

"대장~! 역시 사람이 좋아. 이거 나 주려고 남겨둔 거야?"

"그렇다."

한니발은 얼굴색 하나 바꾸지 않고 말했다. 아르민은 입이 귀에 걸리도록 웃었다.

"초재생이잖아? 그지?"

"그렇지."

"그럼 고장 날 일도 없겠네."

"죽이지만 않으면. 그렇겠지."

천화는 두 사람의 대화를 들으면서 몸을 일으켰다. 아르민은 마치 원하던 장난감을 선물 받은 어린아이처럼 기뻐하며 천화에게로 달려들고 있었다.

"그럼 선물은 감사하게 받도록 하지. 대장."

아르민은 천화의 양팔을 잡았다. 그러자 족쇄가 나타나 그녀의 양팔을 묶었다. 중력에서 벗어나니 족쇄다. 족쇄는 공중에 천화의 양팔을 고정했다.

"이런 것도 버티려나?"

전화의 양팔을 묶은 아르민은 망설임 없이 그녀의 배에 손을 꽂아넣었다. 날카로운 발톱이 천화의 배를 꿰뚫었다. 아르민은 그 천화의 뱃속에서 어떤 부위인지도 모를 장기를 꺼내어 손으로 터트렸다.

"꺄아아악!"

천화는 이를 악물고 버텼다. 이 상태에서 기절이라도 했다간 바로 저세상 행이었다. 적어도 재생이 될 때까지만이라도 정신을 차리고 있어야 했다.

아르민은 빠르게 아물어가는 천화의 배를 보며 신기하다는 듯 감탄사를 뱉었다.

"호오~ 이런 것도 버텨? 그럼 어디."

천화는 족쇄에 매달려 축 늘어졌다. 아르민은 그런 그녀를 향해 다시 손을 들었다. 아르민의 손이 천화의 머리에 닿으려는 찰나, 천화가 중얼거렸다.

"저 버텼어요."

"응?"

아르민은 손을 멈추고 뒤를 돌아봤다. 한 남자가 붉어진 쌍검을 들고 자신을 노려보고 있었다.

"그래, 잘 버텼다."

천화의 눈에서 눈물이 한 방울 볼을 타고 흘러내렸다. 그와 동시에 아르민의 목이 균형을 잃고 어깨를 따라 또

르르 굴러떨어졌다.

"아르민 저 자식."

한니발은 고개를 절래 흔들었다.

찰나의 순간이었다. 마하의 속도로 날아온 혼은 아르민의 목을 단칼에 절단했다.

천화는 팔을 공중에 묶고 있던 족쇄가 풀려 땅에 주저앉았다. 혼은 천화를 받아들며 동시에 한니발을 경계했다.

"중력이에요."

"중력?"

"저 외국인 원이 중력이에요."

"그래 알았다."

혼은 살짝 미소를 지었다. 정보를 얻어낸 것만으로도 엄청난 수확이었다. 천화의 수호설을 기대할 수는 없을 거 같지만 늦은 만큼 제 몫을 해줘야 하는 것이 혼이었다. 천화는 혼의 미소에 편안한 표정을 지었다.

"아, 맞아. 그리고 다테씨가……."

"왜 죽었어?"

"확인은 되지 않지만 그래도……."

"그럼 쓸데없이 걱정하지 마라. 죽었건 살았건 걱정한다고 해결되는 일은 없으니까."

혼의 말에 천화는 천천히 고개를 끄덕였다. 혼의 말대

로 걱정한다고 다테가 어떻게 되는 것은 아니었다. 그저 기도할 뿐이었다. 아직 살아있다면 제발 살아서 다시 만날 수 있기를.

천화는 기력이 다한 듯 뒤로 넘어갔다. 아직 정신은 있는 거 같았지만, 몸을 움직일 수는 없어 보였다.

한니발과 혼은 서로 대치했다. 한니발은 여유롭게 귀를 파고 있었다. 동료가 죽었음에도 흔들리지 않는 모습에 혼은 의아하다고 생각했다.

'뭐지?'

혼은 한니발을 알고 있었다. 등번호 1번을 달고 있던 남자. 그리고 방금 목이 잘린 남자는 2번을 달고 있던 놈이었다. 즉, 데몬즈의 대장과 2인자가 이 자리에 있는 것이다.

2번, 부대장이 죽었음에도 한니발은 침착함을 유지하고 있었다.

그 이유는 아르민이 가지고 있는 원에 있었다.

아르민의 원은 리인카네이션 (reincarnation). 쉽게 말해서 부활이라는 기술이었다.

아르민이 하루에 가지고 있는 목숨은 총 세 개. 즉 두 번은 죽어도 손톱 하나라도 남아있다면 순식간에 몸이 재생되어 부활할 수 있었다.

아르민의 능력은 다른 원(元)처럼 강력하지는 않았으나

다방면으로 활용할 수 있었다. 원을 가지고 있는 능력자를 상대할 경우에는 일격 필살기를 몸으로 받아내고도 아무 일 없었다는 듯 전투를 지속할 수 있다는 점. 또한, 아르민이 죽었다고 확신하고 있을 상대에게 기습을 가할 수 있다는 장점이 있었다.

아르민은 소리를 죽이고 일어났다.

하루에 두 번이나 죽는 수모를 겪은 적은 지금까지 단 한 번도 없었다. 가끔 다테처럼 일격 필살기를 가진 녀석들에게 한 번 정도 죽은 적은 있었다.

하지만 일격 필살기는 말 그대로 일격밖에 없는 기술. 다테처럼 지쳐 늘어진 녀석들을 찢어 죽이는 그 맛은 말로 할 수 없을 정도로 짜릿했다.

그런데 일격 필살도 아니고 단순한 공격에 목이 날아가다니.

아르민은 어떻게 하면 혼을 괴롭힐 수 있을까 생각했다. 그래, 일단 양팔을 뜯어내자. 신속의 능력자이니 팔이 뜯겨 나간 뒤 재생할 염려도 없었다. 미궁에서 양팔이 없는 장애인으로 산다는 건 사형선고나 다름없다.

'죽어라!'

아르민은 흉흉한 미소와 함께 혼의 팔을 잡기 위해 움직였다.

"크하하하!"

혼의 팔이 손에 들어옴과 동시에 아르민은 소리 내 웃었다. 하지만 잡힌 줄 알았던 혼의 팔은 순식간에 사라졌다.

"괴상한 능력이군."

뒤에서 혼의 목소리가 들렸다. 아르민은 동그랗게 눈을 뜨고 고개를 돌렸다. 그와 동시에 아르민의 시야가 점점 아래로 떨어졌다.

"어?"

아르민의 머리가 얼빠진 소리와 함께 바닥을 뒹굴었다.

한니발이 처음으로 인상을 썼다. 혼은 아르민이 살아났다는 것을 그가 움직일 때부터 알고 있었다.

전투악귀(戰鬪惡鬼)

모든 감각과 신경을 곤두세우는 무기 각성. 원래부터 오감이 크게 발달한 혼에게 전투의 흐름을 읽는 육감까지 더해져 사각이 없어진 것이었다.

아르민은 일어나지 않았다. 한니발은 의아하다는 듯 쓰러진 아르민을 쳐다보다가 금세 상황을 이해했다.

다테라는 놈에게 한 번 죽었었구나.

아르민의 목숨은 3개다. 즉, 두 번밖에 살아날 수 없다는 뜻도 되었다.

한니발의 중력조작은 시야에 들어오는 것이 대상이 된

다. 만약에 한니발이 혼의 움직임을 막기 위해 중력조작을 사용했다면 아르민까지 속박되었을 것이다.

'야단났군.'

한니발은 아르민이 죽었음에도 흔들리지 않았다. 냉정함이라고 할 수 없는 감정의 부재 때문이었다. 한니발은 오로지 사람의 성격과 능력으로만 상대를 판단하고 같은 길드로 영입했다.

감정이 없는 사이코패스. 그것이 한니발이었고, 데몬즈라는 거대한 길드를 유지하는 원동력이기도 했다.

한니발은 순식간에 판단을 마치고 혼이 움직이기도 전에 원을 사용했다. 한니발의 능력을 아는 혼이 신속을 사용해 시야에서 벗어날 가능성이 있었기 때문이다.

혼은 곧바로 무릎을 꿇었다.

중력 20배.

일반인이라면 중력이 1.5배만 강화된다 하더라도 연골과 관절이 부하를 견디지 못하기 마련이다.

초인이 된 혼의 몸도 비명을 지르고 있었다. 갑작스럽게 무거워진 장기와 근육들을 지탱하기 위해 온몸의 관절들이 흔들리고 있었다.

혼은 한 걸음을 앞으로 내디뎠다. 한니발의 이마에 튀어나온 핏줄과, 목의 힘줄이 그가 얼마나 집중을 하고 있는지를 대변했다.

용의 무구가 붉은색으로 빛나며 진동하고 있었다. 그것은 혼의 감정이 분노로 치우쳤다는 것을 뜻했다.

다테의 생사를 알 수가 없고, 천화는 그 어떤 고문보다도 더한 고통을 맛보았다. 동료를 전장의 말로 보는 혼이었다면 냉정함을 유지할 수도 있었지만, 그의 마음은 천화를 가족으로 인지하고 있었다.

'움직이기가 힘들다.'

혼은 서 있는 것만으로도 몸이 버겁다는 생각을 했다. 한니발이 오는 순간 베어버릴 수 있을 정도는 되지만 자신이 먼저 움직여 공격할 수 있을 정도로 자유롭지는 않았다. 혼은 한니발을 도발하기로 마음먹었다.

"이게 전부인가?"

혼이 말하자 한니발이 왼손까지 들었다. 그리고는 작게 중얼거렸다.

"원(元) Core Gravity(중력중심)"

한니발의 말이 끝나기가 무섭게 강이 범람하기 시작했다. 갑자기 몸이 혼 쪽으로 끌려 들어가기 시작하는 것을 느낀 천화는 정신을 차리고는 급히 땅에 장검을 박아 넣어 몸을 고정했다.

강물이 혼을 향해 몰려오고 있었고 아르민의 시체와 기절한 마르타의 몸까지 혼에게로 날아왔다.

중력에 의한 압축.

한니발이 가지고 있는 중력조작 능력은 중력의 중심축을 만드는 것 또한 가능하다. 마치 인간의 몸이 지구의 중심으로 끌리듯 현재 주변의 모든 물체는 혼에게로 끌려가고 있는 것이었다.

한니발은 창고에서 메스를 비롯한 날붙이를 다량으로 소환했다. 단검과 메스는 마치 높은 곳에서 떨어지는 것처럼 무거운 날을 세우고 혼 쪽을 향해 날아갔다.

"크윽!"

혼은 팔을 움직이려 했다. 먼저 날아온 흙덩이는 쳐낼 수 있었지만, 단검과 메스까지 막기는 역부족이었다. 게다가 뒤에서 밀려오는 강물은 어쩔 것인가.

여기서 죽을 수도 있다고 생각하자 0.1초 단위로 이 상황을 헤쳐나갈 생각이 혼의 머리를 스치고 지나갔다. 세계가 느려진 것만 같은 현상이 벌어졌고 강물과 단검은 혼의 코앞까지 들이닥쳤다.

'결론, 없음.'

헤쳐나갈 방법이 없다고 머리가 정의를 내렸다. 남은 것은 운에 맡기는 것뿐인가? 혼이 그렇게 생각함과 동시에 푸른 막이 쳐졌다.

'수호설.'

수호설이라는 새로운 길이 혼의 머릿속에 입력되자 다리가 절로 움직였다. 기회는 한 번, 강물이 혼을 덮치는 그 순간을 노려야 했다.

한니발은 마지막 순간까지 정신을 집중해 중력을 혼에게로 집중했다. 이윽고 단검이 혼의 몸과 맞닿으며 강물이 그를 덮쳤다.

혼이 시야에서 사라지자 한니발의 능력도 혼에게 적용되지 않았다. 한니발은 양손을 하늘로 올리며 외쳤다.

"Reverse Gravity (중력역전)"

시야에 있는 모든 것을 공중으로 띄어버리는 기술이었다. 강물에 쓸려 정신이 없을 혼을 공중으로 띄었다가 떨어트리는 것으로 마무리할 생각이었다.

강물이 마치 폭포처럼 공중으로 치솟았다. 한니발의 시선은 강물을 따라 공중으로 치솟았다.

한니발의 바로 앞으로 무언가가 솟아올랐다. 달을 가리듯 솟아오른 남자의 정체는 바로 혼이었다.

"이럴 수가."

하늘 높은 줄 모르고 치솟던 강물이 흩어지며 비처럼 쏟아졌다. 혼은 가볍게 착지를 했다. 그가 착지함과 동시에 한니발의 얼굴이 반으로 쪼개졌다.

"쯧."

혼은 용의 무구를 창고에 넣으며 혀를 찼다. 적을 죽이는 데 성공했지만, 아직 감정이 식지 않았다.

"아, 죽는 줄 알았다."

혼은 대자로 뻗은 천화를 보았다. 빠른 판단으로 꼽아 놓은 단검 덕분에 그녀는 혼에게 날아가지도, 공중으로 치솟지도 않았다.

"맞아! 다테씨."

천화가 벌떡 일어나며 말했다. 혼은 그런 그녀의 머리를 쓰다듬으며 말했다.

"저기 쓰러진 거 말하냐?"

혼은 강물이 솟구쳤던 그 중앙을 가리키며 말했다. 그곳에는 죽었는지 살았는지 모를 다테가 누워있었다. 천화는 급히 다테에게로 달려간 뒤 그의 상태를 확인했다.

"만약 적에게 당해 물속에 있었다면 적어도 7, 8분은 있던 거예요. 빨리 응급처치를 해야……."

천화는 다테가 숨을 쉬는지를 확인한 뒤 그의 턱을 들어 올렸다.

"안 되겠어요. 인공호흡을……"

"잠깐! 내가 한다. 할 줄 알아."

혼이 급하게 천화를 말렸다. 교과서로만 인공호흡을 배웠던 천화는 순순히 그러라며 뒤로 물러났다.

혼은 다테의 옆에 앉아서 그의 턱을 들어 올려 기도를 확보했다. 이런 턱수염 난 아저씨한테 인공호흡이라고 하더라도 천화의 입술은 아까웠다.

혼은 망설임 없이 입술을 가져갔다. 두 남자의 입술이 부딪히기 선, 다테가 눈을 번쩍 뜨면서 말했다.

"이건 내가 사양하지."

"일어나 있었나?"

혼은 다테의 코앞에서 멈춰 말했다. 다테는 힘겹게 팔을 들어 혼의 얼굴을 밀어냈다.

"정신은 몽롱했지만."

"봐라, 남자는 다 늑대야. 나만 빼고."

혼은 천화의 어깨를 두드리며 말했다. 그러거나 말거나 천화는 다테가 일어났다는 사실에 마음이 놓였는지 울먹이며 말했다.

"살아서 다행이에요. 다테씨."

"물속에서 10분 정도를 정신도 잃지 않고 버틴 건가? 대단하군."

"호흡법을 아니까."

인간이 물속에서 정신을 잃지 않고 얼마나 버틸 수 있을까. 3분? 5분? 아니다.

세계기록으로 따지자면 최대 22분 정도를 버틸 수 있다고 한다. 체내산소로 버텨야 하므로 상황에 따라 다르지만 움직이지 않고 버틸 수 있는 시간은 보통 사람들이 알고 있는 것보다 훨씬 길다.

"그나저나, 저 여자는 신경 안 써도 되나?"

다테는 옆쪽을 가리켰다. 그곳에는 대자로 뻗은 금발의 여자가 누워있었다. 혼과 같이 성을 탈출해 헤엄쳐 오던 세실이었다. 혼보다 훨씬 수영속도가 느려 혼이 도착했을 즈음 겨우 반을 조금 넘게 헤엄치고 있던 그녀였다.

혼은 세실에게로 가 사정없이 뺨을 때렸다. 오른쪽 뺨을 두 대 정도 때리자 세실이 정신을 차렸다.

"아, 여기가 어디죠?"

세실은 한 손으로 머리를 짚으며 일어났다.

"기억을 잃었다거나 그런 헛소리는 하지 마라."

"아니, 그게 아니라 수영 중에 날아와서."

세실은 슬쩍 시선을 돌려 다테와 천화를 보며 어색하게 손을 들어 인사를 했다. 혼이 자신을 동료에게 소개해주기를 바랐지만, 혼은 벌써 한니발과 아르민의 창고에서 튀어나온 물건들을 챙기고 있었다.

"군주기는 없었나? 뭐 있었어도 사라진 건가."

신이 죽었을 때도 군주기는 바로 증발했다. 결국, 군주기를 얻으려면 오버로드를 죽이는 방법밖에 없다는 말이 된다.

다테는 뻗었고, 천화도 주저앉아 있는 상태였다. 세실은 두 사람의 눈치를 보며 뻘쭘하게 앉아 하늘을 쳐다봤다.

❖

날이 밝았다.

쿵쿵거리는 소리와 함께 혼은 눈을 떴다. 전날은 시체를 한쪽에 모아 놓고는 바로 잠을 청했다. 다들 피곤했는지 별말을 하지 않고 각자의 텐트로 들어가 잠을 청했다.

아직 새벽, 혼은 안개가 자욱하게 낀 강 저편을 쳐다봤다. 거북이가 계속 돌아다니는지 쿵쿵거리는 발소리는 계속해서 울려 퍼졌다.

그 소리에 잠에서 깬 천화와 다테가 나왔다. 텐트도, 점수도 없는 세실은 천화의 텐트에서 잤는지 두 여자가 한 텐트에서 기어 나왔다. 다테는 귀를 파며 말했다.

"저놈의 거북이는 맨날 쿵쾅거려."

"어차피 지금 일어나라고 말하려 했어."

혼은 몸을 풀며 말했다. 안개가 낀 새벽에 강을 건너 성으로 들어갈 생각이었다. 원래의 계획과는 다르게 진행되겠지만, 오히려 더 상황은 좋아졌다고 봐야 했다.

걱정해야 할 간부들이 전부 저세상으로 떠났으니까.

게다가 이 간부들의 얼굴을 성안의 있는 모두가 알고 있었다. 혼은 한니발과 아르민의 목을 잘라서 창고에 넣었다.

'이런 것도 들어가긴 하네.'

창고목록에 사람 머리라는 항목이 생겼다. 혼은 창고목록을 없앴다.

"자, 그럼 다 아침 수영을 좀 하자고."

"저, 저기."

세실이 수줍게 손을 들었다. 어제 세실과 함께 많은 이야기를 나누었던 천화는 고개를 끄덕이는 것으로 그녀를 응원했다.

혼은 세실의 입에서 무슨 말이 나올지 알고 있었다. 자기도 동행해도 되냐는 염치없는 질문이 나올 것이다. 모든 것을 품는 엄마와 같은 천화는 분명 가능할 거라고 희망을 줬을 것이다. 하나, 혼은 고개를 절래 흔들었다.

"안 돼."

"아직 말도 안 했는데요."

세실이 풀이 죽어 손을 내렸다. 천화는 혼과 세실 사이에서 머리를 긁적였다.

"그러지 말고 같이 다니면 더 안전하고 그러지 않을까요?"

"안전?"

혼이 되묻자 천화가 입을 꾹 다물었다. 세 사람보다 네 사람이 더 안전하다는 것은 언뜻 들으면 당연한 소리인 것처럼 들린다. 하나, 그것은 비슷한 사고와 비슷한 실력을 갖춘 네 사람일 경우 해당하는 말이었다.

세실의 실력을 정확히는 알 수 없지만 탐날 정도의 위인은 아니었다. 세실의 잘난 점이라고는 잘 빠진 몸매와 얼굴뿐이었는데 오직 그것만으로 동료를 뽑을 만큼 미궁은 만만한 곳이 아니었다.

혼은 300점 정도의 점수 구슬을 만들어 세실에게 던졌다.

"이거면 텐트, 침낭, 그리고 식량은 살 수 있을거야. 여기에 대기하면서 새로운 동료를 찾아라. 난 널 데려가지 않아."

혼의 마지막 말은 협박조로 들리기 충분했다. 다테를 데려온 이유는 천화의 경호원 역할을 맡기기 위해서였다. 그리고 그 계산에 제대로 맞아떨어졌다. 세실은 그 어디에도 쓸 곳이 없었다.

혼은 말을 끝내자마자 웃통을 벗고 물속으로 들어갔다. 그 뒤를 다테가 따라 들어갔다. 천화는 세실의 손을 마주 잡고 안타까운 눈빛을 보냈다. 혼이 거부하고 떠난 이상 천화가 해줄 수 있는 것은 없었다. 마음은 좋지 않았으나 그저 덕담하나 해주는 것이 전부일 것이다.

"그럼 행운을 빌게요."

홀로 남겨진 세실은 안갯속으로 사라지는 세 사람을 보며 침을 꿀꺽 삼켰다.

이대로 정말 홀로 여기서 다른 사람을 기다려야 하는 걸까. 그 사람들이 악인이 아닐 가능성은? 실력이 혼보다 더 나을 가능성은? 300점이라는 점수가 다 떨어지기 전에 누군가가 올 가능성은?

모든 상황을 고려할 경우 세실이 괜찮은 사람들을 만나 팀을 꾸릴 확률은 0%에 육박했다.

세실은 고개를 절래 흔들었다. 이번 기회를 놓치면 다음은 없을 것이다. 세실은 강물 속으로 몸을 던졌다.

성 앞으로 온 혼은 뒤따라오는 세 사람을 쳐다보았다.

"따라오지 말라고 했을 텐데."

가장 뒤에서 몰래 걸어오던 세실은 흠칫 놀라며 혼을 쳐다봤다. 혼은 아르민과 한니발의 목을 꺼내어 장대에 끼고 있었다. 천화와 다테또한 세실의 대답을 기다렸다.

"따라가는 거 아니거든!"

세실은 바들바들 떨리는 목소리로 말했다. 던지듯이 뱉은 반말이 그녀의 다짐을 보여주는 듯싶었다.

"나, 나도 마지막 안전지대로 갈 거야. 우연히 너희랑 같이 가는 거뿐이라고."

혼은 어이가 없다는 듯 세실을 쳐다봤다. 세실은 씩씩거리며 숨을 내뱉다가 혼의 시선을 피했다.

심장이 터질 것 같다. 혼이 주는 압박감은 장난이 아니었다. 이렇게 버릇없이 나가는 것이 옳은 것일까. 일종의 어린아이가 떼쓰는 것이나 다름없다는 것을 세실도 잘 알고 있었다.

하지만 이래 죽나 저래 죽나 더는 도망칠 곳은 없었다.

"그럼 가."

혼이 장대를 바닥에 꽂고는 살짝 비켜섰다. 세실은 당황해하며 천화와 다테를 쳐다봤다. 다테는 실없이 웃고 있었고 천화는 혼의 눈치를 보고 있었다.

"나, 나, 나."

세실은 잠시 생각하다가 다짐을 한 듯 말했다.

"나도 너희 이용할 거야."

"뭐?"

"하하하하, 야 이런 애는 어디서 데려왔어?"

다테가 크게 웃으며 말했고 혼은 이마를 짚었다. 천화는 혼이 상당히 세실을 마음에 들어 하지 않고 있다는 것을 눈치채고 먼저 선수를 쳤다.

"혼씨. 잠입해야 하지 않아요?"

"그래, 해야지."

혼은 세실을 살짝 보고는 말했다.

"마음대로 해라."

혼은 전과 같은 방법으로 성벽을 올라갔다. 세실은 천화와 다테의 사이를 비집고 들어가 3번째로 성벽 위로 올라갔다. 마지막으로 올라가면 혼이 두고 가버릴 가능성이 있었기 때문이다. 그나마 천화와 다테는 세실의 행동을 보며 웃을 뿐 별다른 말은 하지 않았다.

위로 올라간 혼은 레야와 잠입했을 때 숨었던 성벽 탑으로 들어갔다. 신이 보초들에게 휴가를 줘 잠입이라고 하기도 뭐할 정도로 쉬운 침입이었다.

아침이 밝고, 안개가 사라졌다. 성벽 위로 올라온 바이샤들의 웅성거리는 소리가 벽탑 안으로 새어 들어왔다.

"시작됐군."

혼은 팔짱을 끼며 말했다.

신의 시체를 발견한 바이샤들의 혼란. 이윽고 한니발과 아르민의 머리를 발견한 바이샤들이 황급히 움직이는 소리가 들렸다.

바이샤들은 성문을 열고 밖으로 나가 한니발과 아르민의 머리를 확인했다. 군주기를 가지고 있던 신과 원을 가지고 있던 두 간부의 죽음은 엄청난 충격이었다. 바이샤들은 전부 다 입을 벌리고 그저 굳어 있을 뿐이었다.

간부들이 전멸했다는 소식은 급격하게 퍼져나갔다. 이는 곧 크샤트리아와 바이샤들의 힘의 균형이 무너졌다는 것을 뜻했다. 몇 시간도 지나지 않아 크샤트리아에게 불만을 품고 있던 바이샤들이 하나둘씩 거친 말을 꺼내기 시작했다.

"솔직히 대장들 없으면 나머지는 우리랑 똑같잖아. 우리도 듀얼 마스터인데."

"그래, 존나 부려 먹기만 하고 지랄이었지."

"숫자도 바이샤가 이제 많을걸?"

한니발은 지금까지 힘의 균형을 잘 유지하고 있었다. 바이샤를 비롯한 수드라들과 데몬즈의 힘의 균형은 7:3 정도로 데몬즈가 앞서 있었다. 이것은 바이샤들도, 크샤트리아들도 인지하고 있는 사실이었다.

그렇다면 아르민과 한니발, 그리고 신의 비중은 얼마나 될까. 실제로 그들은 데몬즈 전력의 거의 50% 정도를 차지하고 있었다.

현재 바이샤들과 크샤트리아의 전력은 바이샤가 살짝 우월한 수준이었다. 그리고 바이샤들은 그걸 잘 알고 있다.

혼이 노린 것은 내부의 혼란이었다. 성안에서 며칠간 살면서 알아본바 바이샤의 숫자는 20명이 넘었다, 그리고 수드라는 30명 정도였다.

현재 크샤트리아의 인원수는 18명. 바이샤보다 적다.

스윈던의 주점. 바이샤들의 대화를 멀리서 본 데몬즈의 길드원들이 걸어왔다.

"너희 뭐라고 그랬냐?"

이럴 때일수록 더욱더 바이샤들의 기를 꺾어야 한다. 그게 크샤트리아인 데몬즈 길드원들의 생각이었다.

"기생충 같은 것들이. 우리가 너희 거둬주고 키워준 거 잊었어? 어?!"

"키워 줘?"

바이샤 한 명이 발끈해 일어났다.

"너희가 내 길드원들 다 쳐 죽인 거잖아. 키워주긴 누굴 키워? 똑바로 점수도 안 나눠놓고."

"이 자식이 지금 누구한테……!"

그 순간 바이샤인 남자가 검을 소환해 데몬즈의 길드원을 베었다. 길드원은 가슴에 큰 상처를 입고 뒤로 물러났다.

"이런 망할 새끼가."

"내가 원래 기회를 좀 보고 있었는데."

남자는 숨을 크게 내쉬며 말했다.

"내 오늘 복수 좀 해야겠다."

그렇게 시작된 전투. 바이샤와 크샤트리아 그리고 아직 제정신인 수드라들의 전투가 시작되었다. 명분이야 그동안 핍박받았던 생활을 청산하고 복수하겠다는 것이었지만 모두의 마음은 하나였다.

스윈던의 다음 주인이 되고 싶다는 욕망.

바이샤와 크샤트리아의 전투가 시작되고 비명이 울려퍼질 때 혼이 말했다.

"이제 움직이자."

바이샤들은 등번호가 있는 크샤트리아만을 노렸고, 크샤트리아는 바이샤 제복을 입고 있는 사람만을 노렸다.

냉정함을 잃어버리고 날뛰는 녀석들을 피해 혼과 일행은 출구에 도착했다.

원래라면 출구를 지키고 있어야 할 바이샤들도 전부 전투에 참여하고 없었다. 혼은 나무로 된 문을 열고는 옆으로 비켜섰다.

"자, 출구입니다. 나가세요."

다테는 고개를 끄덕이고는 걸어나갔고 그 뒤를 천화와 세실이 걸어갔다. 혼은 비명과 피로 물들고 스윈던을 바라보며 고개를 절래 흔들었다.

"머저리들."

NEO MODERN FANTASY STORY & ADVANTURE

메이즈 헌터

2

Maze Hunter

2

"라스트 필드라."

혼은 의자에 앉아 신문을 확인했다. 라스트 필드는 문에서 가장 가까운 안전지대의 이름이었다. 어떤 길드가 차지하고 있는지에 대한 정보는 없었지만 적어도 데몬즈와 비슷한 수준, 혹은 더한 녀석들이 차지하고 있을 것이 분명했다.

"제노사이드는 우리보다 느릴 테고."

천화가 있는 메이즈 헌터, 즉 혼의 길드는 아마 미궁에서 가장 빠른 길드일 것이다. 절대 기억을 가지고 있는 천화는 단 한 번도 헤매지 않고 정확하게 길을 잡아내기 때문이다. 제노사이드가 아무리 오토바이와 자전거를 가지고 있다고 하더라도 운이 어지간히 좋지 않은 한 혼보다 빠를 수는 없었다.

천화의 옆으로는 하양이가 누워있었다. 스윈던을 나선 지 벌써 2주. 하양이는 호랑이 정도의 크기가 되었다. 저 정도면 아마 천화가 타고 다녀도 될 것만 같았다.

"잠깐만 기다려요!"

혼은 저 멀리서 땀을 흘리며 요리를 하는 세실을 쳐다봤다. 어떻게든 붙어 있기 위해 잡일이든 전투든 끼어드는 것은 좋다. 하지만 결국 역할이 애매하다면 그 사람은 길드에 필요없는 사람이었다.

세실은 역할이 확실하지 않다. 혼은 그런 그녀에게 던지듯 말했다.

"야, 세실."

"왜, 왜?"

세실은 흠칫 놀라며 대답했다. 언제라도 세실을 두고 갈 수 있는 혼이었다. 세실은 자신이 쫓겨나는 그 D-day 오늘일까 걱정하는 눈치였다.

"너 하양이 관리 좀 해라."

"에?"

"잡일도 계속하고."

하양이가 커져서 털도 날리고 먹이를 주는 것도, 놀아주는 것도 힘들었다. 당장 천화는 항상 하양이한테 깔려 있는 상황이었으니까.

"잘 들어. 하양이가 이제 네 상관이니까 절대적으로 복종해."

"잠깐만! 아무리 이게 배, 백령이어도 그렇지! 어떻게 사람이……."

"그럼 혼자 가던가."

"우으……."

세실이 고개를 푹 숙인 뒤 작게 끄덕였다. 혼은 피식 웃으며 다시 신문을 펼쳤다. 하양이는 푸른 혈석을 몸에 가지고 있는 보물 상자와도 같았다. 아무리 하양이가 강하라더라도 한 명 정도는 보디가드를 붙이는 것도 나쁘지 않을 것이다.

그때 천화가 혼에게로 파스타를 들고 왔다.

"뭐 쓰여 있는 거 있어요?"

"없어. 기자들이 다 휴가 갔나 쓸만한 기사가 하나도 없네. 누가 쓰는지도 모르겠지만 말이야."

혼은 신문을 뒤로 집어 던졌다.

"그보다 백령에 대해서는 뭘 좀 알았어?"

"토막상식이라는 게 있어서 다 사서 봤거든요."

천화는 신문 하나를 꺼내 토막상식이라 적힌 작은 칸을 가리켰다. 미궁에 대한 상식적인 정보를 적어놓은 곳이었다. 대부분 다 아는 것들이었지만 가끔가다가 몰랐던 정보를 알려주기도 했다.

예를 들면 오버로드를 만났을 때는 죽은 척하면 살아남을 확률이 15%로 올라간다든가. 뭐 그런 쓸데없는 정보.

"그래서 또 어떤 이상한 정보를 얻었는데?"

"그러니까 여기 보면 이렇게 적혀 있어요. 백령이 나타나면 키워보는 건 어떨까요? 혹시 알아요? 기적을 가져다줄지."

혼은 천화가 가리킨 토막상식을 확인했다.

"그냥 장난 아니야?"

"그럴 수도 있죠."

오버로드를 만나면 죽은 척하라는 이상한 놈들이 적어놓은 정보였다. 기적이 어떤 것인지도 모르고, 또 기적을 가져다줄지도 모른다는 가정형 문장이었다. 결과적으로 말하자면 백령이라는 것에 대한 정보는 없는 것이나 마찬가지다.

"그리고 이거 보세요."

천화는 가장 최신 신문을 꺼내어 혼 앞에 펼쳤다.

"랭킹 업데이트된 곳에서 보니 저희가 5위더라고요."

"아니, 3위를 우리가 없앴는데 왜 5위야?"

혼의 농담에 천화가 배시시 웃었다. 정확히 말하자면 왜 5위씩이나 되냐고 따지고 싶었다. 저 랭킹이라는 것은 길드의 강함을 나타내는 거의 유일한 척도였다. 이제 만약 혼과 그 일행이 메이즈 헌터라는 사실을 적이 알게 되면 방심은 기대할 수 없게 되었다.

털털털털.

언젠가 들었던 익숙한 엔진음이 멀리서 들려왔다. 하양이가 귀를 쫑긋하며 일어났고 세실과 다테의 고개도 돌아갔다.

끝없이 펼쳐진 초원 반대편에서 금방이라도 멈출 것 같은 낡은 트럭 하나가 다가오고 있었다. 트럭은 어느 정도 거리를 두고 멈춰 섰다. 세실은 어느새 총총걸음으로 걸어와 혼의 뒤에 숨었다.

"누굴까?"

"은근슬쩍 반말하지 마라."

혼은 세실을 두고 앞으로 걸어나갔다. 차 안에서는 익숙한 얼굴의 남자가 내렸다.

"오랜만이네."

로저 페리어.

과거 만났던 용병단 출신의 워커였다. 메카닉인 월터가 만든 트럭으로 이동하는 특이한 길드였다.

다테는 민망하다는 듯이 고개를 숙이고 있었다. 로저의 길드원들과 혼 일행을 함정에 빠트린 것이 다테였다. 혼과 천화야 같이 다니면서 많이 친해졌다고 하더라도 로저, 특히 저 뒤에서 다가오는 마리나의 눈치를 볼 수밖에 없었다.

"혼 아니야! 이야~ 이러면 운명이네. 운명."

맨다리와 배꼽을 드러낸 마리나가 팔을 활짝 벌리고 혼에게로 달려왔다. 혼은 슬쩍 손을 들어 마리나의 진격을 막았다.

"용케도 여기까지 왔네."

혼의 말에 로저는 씩 웃었다.

"운이 좋았지. 특히 스윈던은 난리더구먼. 자네들 맞지?"

"거기가 어떤데?"

"지옥이지 뭐. 시체 밭이야. 살아남은 녀석들이 한 5명 정도?"

"많이도 살아남았군."

대장이 사라진 스윈던은 내전 중이었다. 비슷한 전력끼리 정면에서 붙었으니 살아남은 자가 많지 않을 것이다. 살아남았다 하더라도 크게 지친 상황이 아닐까.

로저는 스윈던을 일직선으로 달려 돌파했다. 마리나가 기관총을 갈기면서 통과를 했기 때문에 한 2, 3놈은 더 죽지 않았을까.

"오랜만에 만났는데 반갑다는 키스 정도는 해주지그래?"

"걸어가기 귀찮았는데 잘됐네."

혼은 마리나의 애교를 제대로 무시하고 트럭의 뒤로 향했다.

"저 여자 뭐야?"

세실이 천화에게 물었다. 천화는 가만히 마리나를 쳐다보고 있다가 화들짝 놀라며 대답했다.

"마리나씨라고, 예전에 한번 만났던 사람이에요."

"예전에 한 번? 상당히 친해 보이는데."

마리나는 혼의 뒤에 찰싹 붙어있었다. 천화는 머리를 긁적였다. 마리나가 혼에게 호감을 느끼고 있다는 것은 예전의 일로 알고 있었다.

"뭐 친하다기보다는 그냥……."

"으흠, 그래?"

세실은 마리나를 슬쩍 노려보고는 혼의 뒤를 따라갔다.

트럭 뒤로는 거대한 기관총이 달려있었다. 예전보다도 더 거대해진 기관총 덕분에 앉을 수 있는 자리가 많지 않았다. 혼이 앉고, 그 옆에 마리나, 그리고 천화와 세실까지 앉으니 자리가 꽉 찼다.

"내 자리는?"

다테가 트럭 뒤로 올라오려다 말했다.

"형씨 자리는 여기로."

로저가 조수석 옆을 가리켰다. 아기들이나 앉을 수 있을 것만 같은 좁은 자리. 다테는 민망하게 웃으며 차 안으로 들어갔다.

"형씨도 잘 살아남았네."

"아, 뭐. 그렇습니다."

다테가 뻘쭘하게 말하자 운전을 하던 월터가 말했다.

"그렇게 긴장 안 해도 됩니다. 다 잊었어요. 다. 하하하."

"감사합니다."

말은 그렇게 했지만 다테는 빨리 차에서 내리고 싶은 마음뿐이었다.

트럭 뒤쪽에서는 마리나의 수다가 열렸다.

"그래서 혼은 뭐 하고 다녔어? 스윈던 보니까 한바탕 한 거 같던데? 데몬즈라는 놈들 신문에서는 난리더니 역시 혼한테 걸리면 어쩔 수 없나 보네."

혼은 대답하지 않고 기관총을 살피고 있었다. 완벽하게 무시를 하고 있었지만 마리나의 수다는 멈추지 않았다. 그 모습을 가만히 보고 있던 세실이 웃으며 말했다.

"그럼요, 얼마나 대단했는데요. 원을 가지고 있는 데몬즈의 대장들을 단칼에 쫙!"

세실의 속뜻은 간단하다. 네가 어떤 사이인지는 모르겠지만 같이 행동하는 것은 우리라고 간접적으로 말한 것이다.

여자 언어라고 할까.

그것을 알아들은 마리나가 얼굴을 굳히며 말했다.

"넌 누구니?"

세실은 당황한 듯 머뭇거렸다. 같은 길드원이 아니므로 동료도 아니고, 만난 지 얼마 되지도 않았기 때문에 딱히 친한 사이라고도 할 수 없다. 세실의 반응을 본 마리나가 미소를 지었다.

"뭐야? 자기소개도 못 해?"

"세실이라고 하는데요."

"그래, 반갑네."

마리나의 질문은 그런 단순한 것이 아니었다. 정말로 너는 혼의 무엇인가냐고 물은 것이었다. 결국 세실은 아무것도 아니었다. 그것을 안 마리나가 승리의 미소를 지었을 뿐이다.

"마음에 안 들어."

세실이 턱을 괴며 작게 말했다. 그것을 들은 천화가 멋쩍게 웃으며 말했다.

"마리나씨는 어떻게 지내셨어요?"

"으흠, 그럭저럭? 그나저나 어쩌다가 이렇게 사람이 늘어났어? 혼 성격상 괜한 짐을 지고 다니지는 않을 텐데."

세실이 움찔거렸다. 괜한 짐이라는 건 자신을 말하는 것이었다. 혼은 두 사람의 대화에 대해 전혀 신경 쓰지 않는 것 같았고, 중간에 낀 천화만 식은땀을 흘리고 있었다.

천화는 혼의 옆구리를 툭 찔렀다.

"윽."

"어떻게 좀 해봐요."

"뭘? 잘 대화하고 있는데."

"모르는 척하지 말고요."

눈치는 세상에서 가장 빠른 혼이 세실과 마리나의 묘한 기류를 못 읽고 있을 리가 없었다. 혼은 인상을 살짝 쓰며 앞에 있는 월터에게 말했다.

"천천히 가자. 기다리는 사람이 있거든."

"아, 그럼 그만 야영이나 할까?"

월터는 손을 들며 말했다. 그리고 그 안에서 다테의 다급한 목소리도 들려왔다.

"좋은 생각이야. 그렇게 하자. 좀."

차가 멈추고 혼은 천화의 귀에 속삭였다.

"됐지?"

"하아, 고마워요. 그리고 다음에는 가운데 안 앉을 거에요."

차가 멈추고 혼은 먼저 내려서 주변을 살피겠다는 명목으로 일행에서 떨어졌다. 아무도 자신을 제대로 볼 수 없는 거리까지 멀어진 혼은 슬쩍 옷을 올려 옆구리를 살폈다.

보이지 않을 정도로 작았던 상처가 손바닥만 해졌다. 아까 천화가 슬쩍 찔렀을 때는 무심코 소리를 지를 뻔했다.

"아픈 건 싫은데."

저주인가? 혈석으로 낫지 않는 상처가 있다는 것도 지금 처음 알았다. 이 원인이 무엇일까 알 필요가 있었다.

일단은 비밀로 해둔다. 해결방법을 알 수 없는 상황에서 이런 정보를 공유했다가는 했다가는 괜한 소란만 일으킬 뿐이었다.

"짜증 나네."

혼은 혀를 차며 옷을 내렸다. 그리고 다시 일행에게로 돌아가려고 몸을 돌렸을 때 묘한 시선을 느끼고 고개를 돌렸다. 저 멀리 하양이가 몸을 웅그리고 앉아 혼을 쳐다보고 있었다.

혼은 묘한 하양이의 시선에 미소를 지어 보이며 걸어갔다.

◈

라스트 필드가 코앞이다.

천화의 능력이 있었으니 마음먹고 느리게 가더라도 다른 이들보다는 빨리 도착할 수밖에 없었다.

혼은 천화의 말에 따라 변하지 않는 미궁 한편에 자리를 잡고 야영을 시작했다. 라스트 필드의 입구와는 거리가 떨어져 있고, 한번 모퉁이를 돌아야 하는 곳이기 때문에 누가 정찰이라도 나오지 않는 한 들킬 염려는 없었다.

상황을 지켜볼 참이었다. 여차하면 다시 잠입작전을 펼쳐도 된다. 잠입하는 것도, 잠입했다가 빠져나오는 것도 혼자가 편하니 아무한테도 말을 하지 않고…….

"그럴 바에는 차라리 제노사이드를 기다려요."

고기를 굽고 있는 혼의 생각을 읽은 천화가 옆에 앉으며 말했다.

"또 혼자서 어쩌고 하려고 했죠?"

"족집게네. 점집 운영해도 되겠다."

혼은 무미건조하게 말했다. 천화의 말대로 지금은 딱히 무리하지 않는 편이 좋을 것 같기도 했다. 부상 때문에 움직이기도 힘들었고, 저 라스트 필드 안이 어떤 모습으로 되어 있을지조차 알 수 없는 상황이기도 했고.

"결국, 제노사이드를 기다린 다라."

그렇게 생각하며 고기를 한 점 입에 넣었을 때 웅성거리는 소리가 들렸다. 망을 보고 있던 월터가 허겁지겁 달려오는 모습이 보였다.

"여기로 나오는데?"

"뭐가?"

"아니, 그 라스트 필드 사람들 말이요. 여기로 오고 있다고."

모두 하던 일을 동시에 멈추었다. 마리나는 급하게 트럭 위에 올라타 기관총을 잡았고, 월터도 시동을 걸었다. 로저와 다테가 앞장서서 전투태세에 돌입했고, 천화도 수호설을 꺼내 들었다.

"어쩌지? 도망칠까?"

로저가 혼에게 물었다.

"아니, 싸움을 걸면 생포해 정보를 빼내고, 대화를 시도한다면 우리한테도 나쁠 게 없어. 일단 기다린다."

먼저 쳐들어가는 것보다 나오는 것을 잡아먹는 편이 훨씬 효율적이다. 안전지대를 차지하고 있는 길드의 간부가 아닌 이상 중요정보는 얻을 수 없겠지만 전반적인 전력 정도는 알 수 있을 테니까.

라스트 필드에서 나온 워커들이 모퉁이를 도는 순간 마리나와 로저가 그들에게 총을 겨누었다. 만반의 준비를 한 혼 일행을 보고 라스트 필드의 워커들은 화들짝 놀라며 물러섰다.

"라스트 필드를 차지하고 있는 길드인가?"

로저가 커다란 기계 팔을 들이밀며 말했다. 딱 한 명, 당황하지 않은 남자가 앞으로 걸어 나오며 대답했다.

"진정들 하라고. 우린 싸울 생각이 없으니까."

남자의 얼굴에는 여유가 묻어났다. 여유를 부릴 수 있다는 것은 적어도 기관총 정도는 무시할 수 있는 실력자라는 것이었다. 남자는 양손을 들고 말을 이어갔다.

"너희도 라스트 필드까지 온 거야?"

"묻는 말에 대답해라. 라스트 필드의 주인이 너희냐?"

"아니, 아니. 잠깐만. 질문이 자체가 틀렸다고."

남자는 육성으로 웃고는 말을 이어갔다.

"저기는 주인이 없어. 너희도 가서 땅 하나 받고 정착하라고. 그러는 편이 좋을 거야."

"주인이 없다고?"

"정확히 말하면 주인은 있지. 랭킹 2위 더 레즈 차지하고 있긴 한데. 걔들은 사람 좋게도 공유를 하고 있어서 말이야."

남자는 들고 있던 양손을 내렸다.

"상부상조지. 우리는 더 레즈의 편에 서서 침입자로부터 라스트 필드를 지키고, 더 레즈는 오는 길드에게 땅을 주고 안전하게 열쇠를 찾을 수 있는 시간을 제공하는 거지."

남자는 어깨를 으쓱하며 말했다.

"혹시나 해서 말하는 건데. 라스트 필드를 독점하겠다는 생각은 하지 않는 게 좋을 거야. 저 안에 있는 길드 수만 10개가 넘거든. 그럼 우린 사냥시간이 촉박해서 이만."

남자는 쿨하게 몸을 돌려 걸어갔다. 그 모습은 마치 뒤에서 기습을 당하더라도 상관이 없다는 것처럼 보였다. 적어도 반대편의 미로를 돌고 돌아 라스트 필드까지 온 실력자였다. 여기서는 단 하나의 길드도 얕볼 수가 없다.

남자가 사라진 뒤 혼은 바로 로저와 대화를 나누기 시작했다. 각 길드의 대장들이 결정해야 하는 상황이었다. 자칫 잘못하면 호랑이의 아가리로 들어가는 상황이 만들어질 수도 있었기 때문에 신중해야 했다.

"일단 거짓말은 아닌 거 같다."

혼이 먼저 입을 열었다. 로저는 동의한다는 듯이 고개를 끄덕였다.

거짓말 탐지기보다 정확한 혼의 눈을 피해갈 정도라면 상당한 실력을 갖춘 사기꾼이거나, 진실만을 말했거나 둘 중 하나였다.

"그래도 위험하긴 하지."

로저가 걱정스럽게 말했다.

"최대한 안전하게 들어가면 되지."

혼은 월터가 정비하고 있는 트럭을 쳐다보았다.

안전지대로 들어가기로 한 일행은 천천히 이동했다. 월터는 차창 밖으로 머리를 쭉 빼내어 후진하고 있었고, 그 옆을 혼과 다테, 그리고 로저가 경호했다. 마리나는 기관총을 잡고 사방을 경계하고 있었고, 천화와 세실은 하양이와 함께 그 뒤에서 대기했다.

만약 일이 틀어질 경우 전부 트럭에 올라타 도망칠 생각으로 짠 대형이있다. 기관총을 갈겨대며 전속력으로 도망치는 트럭을 쫓을 만큼 사람을 죽이고 싶어 안달 난 놈은 없을 테니까.

"다 왔다. 들어간다."

가장 앞에 서 있는 다테가 안전지대 안쪽으로 들어갔다.

모두가 긴장한 상황, 혼은 라스트 필드에 들어서자마자 사방을 쭉 훑어보았다.

울타리가 쳐져 있는 큰 집들이 띄엄띄엄 지어져 있었다. 신기한 것은 이렇게 완전무장을 한 무리가 안전지대로 들어왔음에도 어느 사람 하나 딱히 반응하고 있지 않다는 것이었다.

"민망한데?"

다테가 머리를 긁적였다. 아직 방심할 수는 없었다. 이렇게 친근한 척 다가와 뒤통수를 치는 길드도 많았으니까.

"그렇게 경계하지 않아도 됩니다."

그때, 검은 쇼트커트를 한 여자가 다가왔다. 짧은 바지에 배꼽이 훤히 드러나는 옷을 입고 있었다. 육감적인 몸매의 소유자였는데, 배꼽에 검은 피어싱으로 포인트를 주었다.

여자는 어느 정도 거리를 두고 멈춰 섰다. 피차 서로를 완벽하게 신뢰할 수 없다는 것이겠지.

"단도직입적으로 말하죠. 라스트 필드를 차지하려면 여기 있는 전원을 상대해야 합니다. 만약 저희의 규칙에 따르겠다면 저기 다른 길드처럼 땅을 내어드리죠."

여자는 혼 일행을 울타리가 쳐져 있는 빈 땅으로 안내했다.

"하나면 되겠죠?"

"두 개다."

혼은 검지와 중지를 펼쳐 보였다. 로저 일행은 어쨌든 같은 길드가 아니었다. 땅이야 넓을수록 좋지 않은가. 여자는 잠시 당황했는지 머뭇거리다가 바로 옆의 공간을 내주었다.

"그럼 규칙을 설명하죠."

"아, 그건 내가 하지."

여자가 창고에서 A4용지 정도 되는 종이를 꺼냈을 때 남자가 걸어 나왔다. 남자는 여자의 손에서 종이를 가져갔다.

"인사하지. 더 레즈의 길드장 레이먼드라고 한다. 레이라고 불러도 좋다."

더 레즈.

랭킹 2위의 길드였다. 데몬즈보다 강하고 제노사이드

보다는 약한 길드. 다수가 모여 강한 집단을 만든 길드인지, 아니면 강력한 소수가 만든 길드인지는 확실하지 않았다. 하지만 혼은 이 레이먼드라는 남자가 데몬즈의 리더인 한니발에 뒤지지 않는 강자라는 것을 느낄 수 있었다.

혼은 잠시 레이먼드를 관찰하다가 입을 열었다.

"그래서, 규칙이 뭐지?"

"일단 각자 한 장씩 받도록."

레이먼드는 전단지를 돌리듯 한 명 한 명에게 규칙이 적힌 종이를 건넸다.

규칙은 간단했다. 뭔가 시행착오가 있었는지 사소한 규칙들도 더러 적혀 있었지만 큰 틀로 나누면 세 개의 규칙뿐이라는 것을 알 수 있었다.

라스트 필드 생활 규칙

1. 절대로 다른 길드와 싸움을 벌이지 않는다. 싸움을 거는 쪽도, 받는 쪽도 죄를 물어 추방된다.

2. 사냥시간과 구역을 준수한다. 다른 길드가 사냥 중일 때는 라스트 필드에 머문다.

3. 다른 길드가 라스트 필드를 침략할 때는 모두 최전방에서 싸운다.

한 마디로 공동체면서 공동체가 아닌 곳이었다. 서로 상관하지 않으며 정해진 규칙을 지키며 산다. 그러나 공통된 적이 나타났을 때는 힘을 합치자는 것이었다.

"합리적이군."

"그래, 난 합리적인 사람이지. 지금은 망해버린 어디의 바보들과는 다르게 협력해서 살고 있거든."

혼은 레이먼드가 말하는 것이 데몬즈라는 것을 어렴풋이 알 수 있었다. 스윈던이 망했다는 소식은 신문에서도 대서특필할 정도였으니까.

"열쇠를 구하면 어떻게 되는 거지?"

"바로 그 열쇠 때문에 사냥시간이 나뉘어 있는 거야. 아무리 사이가 좋아도 열쇠가 발견됐다 하면 전쟁이 나는 건 시간문제니까. 열쇠를 얻었는지도 모르게 하려고 사냥시간과 구역이 존재하지. 또 질문 없나?"

"저기!"

천화가 손을 들었다.

"저희 사냥 시간은 언제죠?"

"그건 내일 알려줄 거야. 오늘은 일단 스케줄을 꽉 차게 만들어 놓았기 때문에 변경할 수 없어."

이미 사냥 준비를 하고 있는 길드도 많을 것이다. 가득 채운 사냥 시간표에 혼과 로저의 길드를 끼워 넣으면 다른 길드는 손해를 볼 수밖에 없다. 공동체 생활에서 가장 중요한 것은 불만이 나오지 않게 하는 것이다.

"아, 그리고 또 집은 짓는 게 좋을 거야. 열쇠라는 세 오래 걸리면 1년 넘게도 안 나오거든. 비바람을 1년 동안 텐트로 막을 수는 없으니까. 또 질문 없나?"

대답이 없자 레이먼드는 만족한 듯 고개를 끄덕였다.

"열쇠를 찾아 기분 좋게 라스트 필드를 나갈 때까지 문제없이 지내면 좋겠군. 혹시 나중에라도 궁금한 게 있으면 저기 매서커한테 얘기하도록 해."

쇼트커트의 여자가 손을 흔들며 웃어 보였다.

더 레즈의 두 사람이 사라지고 혼과 로저의 일행은 소풍이라도 온 듯 동그랗게 앉았다.

"집은 지어야 할 거 같은데."

로저는 점수목록을 살폈다.

"뭐, 재료가 되는 건 일단 상점에서 다 구할 수 있으니까."

열쇠가 나올 확률은 정확히 알 수 없다. 구하기 힘들다는 점에서 대충 1%라고 생각을 해보자. 이 1%는 당장 내일 터질 수도, 10년이 넘게 터지지 않을 수도 있다. 레이먼드의 말대로 집을 지어놓으면 그 값어치는 할 것이다.

"그럼 일을 시작해야겠지?"

혼은 그렇게 말하며 다테와 세실을 쳐다봤다. 가서 빨

리 집을 지으라는 완전 노골적인 시선. 다테는 애써 혼의 시선을 피하다가 한숨을 쉬며 말했다.

"그래, 그래. 내가 잘못했지. 잘못했어."

다테가 투덜거리며 일어났다.

❖

망치 소리가 밤늦게까지 울려 퍼졌다. 통나무로 기둥을 세우고 나무판으로 벽을 만들었다. 유리는 비싸므로 여닫을 수 있는 창문을 다는 것도 잊지 않았다.

"아따 오래 걸리네."

다테가 땀을 닦으며 내려왔다. 밤에는 다른 길드도 쉬어야 하니 공사를 중단해 달라는 매서커의 말이 있었다.

"로저네가 더 예쁜 거 같은데?"

혼은 턱으로 옆을 가리키며 말했다. 확실히 메카닉인 월터가 디자인하고 지휘한 로저의 집은 다테와 세실이 만든 것보다 세련되고 멋있었다.

"저기는 2층에다가 난간도 있고, 창문도 많고, 화장실도 짓는 거 같던데. 우리 집은 초딩이 그린 사각형에 삼각형 올려놓은 집 같잖아."

"그럼 댁이 짓던가."

다테는 혼이 굽고 있던 고구마를 집어 훅훅 불었다. 그 옆을 녹초가 된 세실이 앉았고, 시키지도 않은 일을 하던 천화도 혼의 옆으로 왔다.

"그나저나, 여기 진짜로 함정 아니야?"

다테는 각자의 개성에 맞게 지어진 10개의 집을 쳐다보며 말했다. 밖에서 저녁을 해먹고 있는 사람들도 있고, 집 안에서 시끌벅적하게 놀고 있는 길드도 있다. 미궁이라는 것을 잊을 정도로 평화로운 삶. 바로 전에 들렀던 스윈던과는 완벽하게 다른 세상이었다.

"예전에도 이런 곳이 하나 있었지."

혼의 말에 가만히 미소 짓고 있던 천화가 움찔했다.

"원래 리더가 좋으면 이런 곳이 만들어지는 거야. 그 좋은 리더들은 전부 중앙도시도 못 넘고 죽겠지만."

좋은 인간은 살아남을 수 없는 곳이 이 미궁이다. 더 레즈가 라스트 필드를 운영하는 방식은 언뜻 보면 선량한 것처럼 보이지만 지극히 사업적인 마인드로 만들어진 것이었다. 아마 이렇게 많은 길드가 모여있기 때문에 데몬즈의 한니발도 이곳을 포기하고 스윈던을 먹었을 것이다.

"지금으로써는 더 레즈가 함정을 파놓을 이유가 없어. 아무 이득이 없거든. 여기 있는 놈들 전부 다 죽일 수는 없잖아."

"다들 같은 길드라면?"

다테의 말에 혼이 고개를 끄덕였다. 그럴 가능성도 배제할 수는 없었다.

"만약 그랬다면 데몬즈가 정면으로 붙었겠지."

거대한 길드는 효율이 낮다. 이동속도도 느린 데다가 한정적으로 나오는 괴수에게서 얻을 수 있는 점수도 적다. 길드원이 100명인 길드가 1,000점짜리 괴수를 죽여봤자 얻을 수 있는 점수는 두당 10점뿐이다. 이는 각자 점심 한 끼 먹고 나면 없어질 정도의 점수였다.

"더 레즈가 이들을 모두 포섭해 자기 길드로 넣었다면 아마 이렇게 모으기 전에 데몬즈에게 당했을 거다. 처음부터 다 같은 길드였다면 데몬즈랑 전쟁 중이겠지."

더 레즈 길드의 수준을 알 수는 없었으나 결국 제노사이드보다는 밑이었다. 제노사이드에서 가장 강한 것으로 추정되는 엘리아의 전투를 옆에서나마 지켜본 혼은 더 레즈의 전투력을 짐작할 수 있었다.

"어찌 됐건 데몬즈가 얌전히 스윈던에 있었던 이유는 라스트 필드가 엄두도 안 날 만큼 강하기 때문이겠지."

라스트 필드까지 소수의 인원으로 온 길드는 강할 수밖에 없다. 오는 길에 만난 괴수의 숫자, 안전지대에서 싸웠을 경험, 거기에 오버로드까지 만났을 확률도 있다.

대부분이 적어도 퍼스트 마스터 이상, 듀얼 마스터는 되었을 것이다. 전투경험도 다들 많이 쌓여 있을 테고.

"그래도 조심해서 나쁠 건 없으니까. 제노사이드가 올 때까지는 상황을 보자고."

제노사이드만 오면 사실상 걱정이 사라진다. 제노사이드가 합류할 경우 혼이 가지고 있는 전력이 더 레즈의 전력을 넘어서게 된다. 그전까지만 조심스럽게 찌그러져 있으면 별문제 없을 것이다.

다음 날이 밝았다.

초원 정중앙의 게시판에 커다란 종이가 붙어있었다. 길드 명이 쭉 나열되어 있고, 옆에는 사냥시간과 구역이 적혀 있었다. 신입 A와 B라고 적힌 것이 아무래도 혼과 로저의 길드인 거 같았다.

"오늘 5시간이네."

총 11개의 길드. 그중 오직 다섯 길드만이 오늘 사냥을 나갈 수 있었다. 한, 두 시간으로는 괴수 한 마리도 만나기 전에 돌아와야 할 수도 있었다. 라스트 필드에서 나갈 수 있는 출구는 4개. 각 길드가 전부 다른 지역에서 사냥한다고 할 때 한번에 다섯 길드만 움직일 수 있다.

공문을 보고 있는 혼과 로저에게 매서커가 다가왔다.

"일단 길드명을 적어주실래요? 어제 받았어야 하는데 못 받아서."

매서커가 요염한 미소와 함께 말했다. 목석 같은 두 남자는 무표정하게 종이에 길드명을 적어넣었다.

메이즈 헌터.

건즈.

혼의 길드명을 본 로저가 무표정하게 한마디 했다.

"원래 저런 이름이었나?"

"사소한 거에 신경 쓰지 마."

혼을 대답을 회피했다. 매서커는 길드명을 확인한 뒤 말을 이어갔다.

"오, 이번에 급상승하신 분이었네요. 랭킹 5위. 맞죠?"

역시 랭킹 시스템은 전력을 노출하기 때문에 싫다.

"첫날이라 일단 구역을 설명하기 위해서 제가 동행할 거예요. 출발 준비가 되면 알려주세요."

이쪽의 의사를 물어보지 않는 것으로 보아 모든 길드는 첫날 더 레즈의 한 명과 동행해야 하는 듯싶었다. 로저쪽에도 쭉정이같이 생긴 남자 한 명이 붙어 같은 것을 이야기하는 중이었다.

"만약에 열쇠가 발견되면, 너희는 비밀을 지키나?"

혼이 멀어져가는 매서커를 향해 말했다. 매서커는 피식 웃더니 어깨를 으쓱하며 말했다.

"그럴 리는 없겠지만 만약 그렇게 된다면 절대적으로 지키죠."

"말로는 믿을 수가 없지. 널 죽여도 상관이 없느냐는 거다. 규칙에는 없는 항목인 거 같아서 말이야. 첫날 열쇠가 발견되어도 동행자를 죽이면 안 된다. 뭐 그런 거."

반은 농담이고 반은 진담이었다. 열쇠 발견확률이 극단적으로 낮아도 첫날에 나오지 않을 이유가 없지 않은가. 더 레즈라는 놈들도 결국 열쇠를 못 찾았으니 이 라스트 필드에 남아있는 것이다. 열쇠만 찾았다면 이런 귀찮은 짓은 당장에 접고 문으로 향했을 테니까.

"뭐, 건의해보죠."

매서커는 고개를 절래 흔들며 멀어졌다.

"어떻게 됐어요?'

집을 짓고 있던 세실이 뛰어와 물어봤다.

"넌 왜 물어봐? 우리 길드만 가는 건데."

세실은 입을 삐죽 내밀었다. 확실히, 길드의 사냥시간에 길드원이 아닌 세실이 낄 필요도, 이유도 없었다. 천화는 세실과 혼 사이에서 민망한지 웃으며 말했다.

"뭐 사냥 나가는 게 좋은 건 아니잖아요. 왜, 세실씨는 남아서 할 것도 있고."

천화의 말에 세실이 당황해하며 대답했다.

"뭐? 집 짓는 거? 혼자? 정말루?"

"뭐, 그래 주시면 고맙고. 그런데 진짜 어떻게 됐어요?"

"한 시간 뒤에 출발이다. 준비해."

천화는 고개를 끄덕이고는 빠르게 다시 작업으로 들어

갔다. 풀이 죽은 세실은 어깨를 축 늘어트리고는 다시 집 공사로 돌아갔다.

그러나저러나 한 시간이 지나고 혼과 천화는 A라는 푯말이 꽂힌 출구 앞에 섰다. 로저 일행은 B 구역으로 이미 차를 타고 떠난 뒤였다.

"그럼 가볼까."

하양이가 최전방에 섰고 그 뒤를 천화가 따라갔다. 혼은 가장 마지막에 서서 걸었다. 매서커의 행동거지를 완벽하게 파악하려면 최후방이 최적의 위치였다.

아직도 혼은 더 레즈를 신용하고 있지 않았다. 매서커가 정말로 구역을 제대로 알려주기 위해 동행을 하는 것인지, 아니면 다른 무슨 생각을 하고 있는지를 파악할 수가 없는 상황. 조심해서 나쁠 것은 없다.

매서커는 괴수가 자주 출몰하는 지역을 알려주며 지도에 표시까지 해주었다.

"라스트 필드의 괴수들은 지금까지 만났던 것들과는 격이 다릅니다. 그럴 리는 없지만, 가끔 2마리가 함께 나오는 경우가 있는데 그럴 때는 반드시 도망쳐야 합니다."

매서커의 설명이 끝나기가 무섭게 첫 괴수가 나타났다. 높이 2m, 길이 6m정도 되는 크기의 다리 12개를 가진 개미 형태의 괴수.

괴수의 등장과 함께 혼과 다테가 정면으로, 그리고 천하가 뒤로 빠졌다. 천화의 수호설이 디데와 혼을 보호하고 혼이 결정타를 날릴 수 있게 다테가 시선을 끌어주었다. 게다가 천화에게로 향하는 위협은 하양이가 빠르게 제거했다.

마치 약속이라도 한 듯 유기적으로 움직이는 세 사람의 모습에 매서커가 살짝 놀란 듯 입을 벌렸다. 개미 형태의 저 괴수는 속도가 빠르고 한 번 물리면 빠져나올 수 없을 정도로 강력한 힘을 가지고 있기 때문에 많이들 고생하는 괴수기도 했다.

메이즈 헌터 길드는 3분 안에 개미 형태의 괴수를 제압해냈다. 개미 괴수가 다테에게 집중하고 있을 때 혼이 신속으로 괴수의 머리를 두 동강 냈다.

"실력은 좀 있네요?"

상황이 종료되자 매서커가 다가왔다. 몸매도 좋고 얼굴도 매력적인 매서커가 칭찬을 하니 다테가 머리를 긁적이며 웃었다. 혼은 신경도 쓰지 않고 개미가 사라진 자리를 훑어보았다.

"혈석만 나왔네."

한 번에 열쇠가 나오기를 바랐으나 역시 쉽게 일이 풀리지는 않는다.

"뭐, 말했잖아요. 저희가 라스트 필드에서 현재 900마리가 조금 넘는 괴수들을 잡아보았지만 열쇠는 나오지 않았으니까요."

총 10개의 길드가 매일 같이 사냥을 했음에도 아직 열쇠는 나오지 않았다. 그 전에 라스트 필드를 가지고 있던 이들은 열쇠를 찾아 다음 미궁으로 넘어갔기 때문에 희망을 품을 뿐, 데이터상으로는 절망적인 확률이었다.

"곧 있으면 0.1%가 되는군."

1000마리를 잡았음에도 나오지 않는다면 최소 0.1%의 확률이 되어버린다.

그 이후로도 괴수가 3마리는 더 나왔다. 매서커의 말에 따르면 보통 2마리에서 3마리 정도를 사냥하면 많이 하는 것이라고 말했다. 가끔 가다가는 제대로 된 괴수 한 마리도 못 만나고 돌아올 경우도 있었으니까.

"그럼 벌써 많이 잡은 건가?"

최소 1,000점을 주는 괴수들이 총 4마리가 나왔다. 점수 면에서도 개인당 1,000점씩을 얻은 것이다.

"오늘이 특이한 거라 보통 때도 이럴 거라고 볼 순 없으니까 기대하진 마세요."

매서커는 그렇게 말하며 시간을 체크했다.

"슬슬 돌아가지 않으면 페널티 물 거 같은데. 어쩔래요?"

"그럼 돌아가야지."

30분 늦으면 수색대가 파견되며 사냥 스케줄에서 하루 제외된다. 수색대를 만나지 못하고 큰일 없이 2, 3시간 이상 늦을 경우 일주일간의 사냥시간이 사라지기 때문에 보통 모든 길드가 사냥시간을 준수했다.

그런 면에서 메이즈 헌터 길드. 짧게 불러 메헌 길드는 사냥을 나갔다 다시 라스트 필드로 돌아가는 시간을 최소화시킬 수 있어 남들보다도 오래 사냥을 할 수 있었다. 보통의 길드는 혹시나 헤맬 수도 있다는 것을 생각하며 시간 배분을 해야 했기 때문이다.

그렇게 다시 라스트 필드로 돌아가는 도중, 저 멀리서 한 사람이 다가오는 것이 보였다. 혼은 사람을 발견하자마자 멈춰서 매서커에게 물었다.

"사냥터는 겹치면 안 되는 거 아니었나?"

"물론 그렇지만 헤매다가 겹칠 경우도 가끔 생기죠. 미궁이니까요."

매서커는 손을 들며 외쳤다.

"어디 길드 소속인지 말하라!"

사람은 대꾸도 하지 않고 쭉 걸어 나왔다. 매서커는 미간을 찌푸리며 한 발자국 앞으로 걸어나갔다.

"어디 길드 소속인지 밝히지 않으면 공격하겠다……. 아악!"

혼이 손을 뻗어 매서커를 자기 쪽으로 끌어당겼다. 매

서커가 화들짝 놀라 혼을 올려다보는 사이 윙하는 소리와 함께 붉은 광선이 매서커가 있던 자리를 통과해 뒤로 날아갔다.

"저거 아무래도 싸울 생각인가 본데?'

혼은 매서커를 밀어낸 뒤 천화와 다테에게 말했다.

"광선에는 광선이지. 하양아."

하양이가 크르릉 거리며 앞으로 튀어나왔다. 이미 하양이의 복부와 목 부분이 푸른색으로 빛나고 있었다.

"가라, 하양몬. 파괴광선."

혼이 장난식으로 말함과 동시에 하양이가 입을 쩍 벌려 광선을 쏘았다. 다가오던 사람은 옆으로 획 구르며 광선을 겨우겨우 피했다.

"효과가 별로였다. 음."

혼은 턱을 어루만지며 용의 무구를 잡았다. 그의 얼굴은 언제 장난을 쳤느냐는 듯이 진지해졌다.

"이런 인사를 받을 줄이야."

다가오던 것은 한 남자였다. 노란 머리에 이질적인 분위기를 가진 남자였다. 약간 특이한 점이라면 오른쪽 턱과 볼, 그리고 목 부분이 검은색 보석으로 되어있다는 것이었다.

'인간형 오버로드.'

혼은 남자를 보자마자 생각했다.

이 미궁이라는 세계에는 두 가지 유형의 적이 존재했다. 괴수와 괴인이다. 간단하게 나누자면 인간의 형태를 한 미궁 생명체는 괴인, 다른 것들은 전부 괴수로 통합된다.

인간 형태를 한 괴인 중에서는 지능을 가지고 있는 이들이 있었는데, 그것은 오버로드도 마찬가지였다.

인간형 오버로드는 괴수형보다 훨씬 까다로웠다. 지능이 있다는 것은 본능에 치우친 전투를 하는 괴수들보다 공략하기가 힘들기 때문이다. 괴수들은 뻔한 도발과 유인에도 걸려들 때가 많았지만 인간형에게는 단순한 작전이 통할 리 없다.

"그래도 다행이네. 혈석이 훤히 보여서. 가자고. 하양아."

혼의 말이 떨어지기가 무섭게 하양이가 앞으로 튀어 나갔다. 인간형 오버로드는 양손에 붉은 기운을 담아 하양이에게 날렸다. 하양이는 지그재그로 뛰며 공격을 전부 피한 뒤 푸른 광선을 쏘았다.

"어이쿠."

인간형 오버로드는 옆으로 구르며 광선을 피했다. 하지만 그곳에는 이미 신속을 사용한 혼이 자리 잡고 있었다.

절대 강도의 세버런스가 마하의 속도로 인간형 오버로드의 혈석과 부딪혔다. 혈석은 산산조각이 났고 그와 동시에 남자의 얼굴이 일그러졌다.

혈석이 부서지고 1초, 남자는 흔적도 없이 사라졌다.

"1성급 오버로드인가?"

예전 2성급 오버로드를 잡았을 때 받았던 점수가 5,000점이었다. 이번에는 그것보다 낮은 3,000점이 각자에게 분배되었다. 하양이는 콧김을 뿜어내며 마치 칭찬해 달라는 듯이 천화를 향해 걸어갔고 혼은 군주기가 나오기를 기다렸다. 하지만 오버로드의 시체에서 군주기는 찾을 수 없었다.

"오, 오버로드를 그렇게 쉽게?"

매서커가 혼을 경이롭게 쳐다보며 말했다. 물론 1성급 오버로드야 반대편 미궁의 사람들이라면 충분히 상대해 볼 만한 적이었다. 하지만 이렇게 일방적으로, 순식간에 제압하는 것은 원을 가진 상위 랭킹 길드의 수장들이나 가능한 일이었다.

"혹시 트라이 마스터?"

매서커가 물어보자 혼은 어깨를 으쓱하며 굳이 대꾸하지 않았다. 매서커는 메이즈 헌터라는 이름을 그제야 기억해냈다.

"이래서 랭킹 5위군요. 원도 없는 거 같은데. 대단하네요."

매서커가 박수를 치며 혼을 가리켰다.

"혹시 데몬즈를 없앤 게 그럼 당신들인 건가요?"

랭킹 3위 데몬즈가 몰락했다는 소식은 신문을 보는 사람이라면 누구나 알고 있는 것이었다. 문제는 과연 누가 그들을 없앴느냐였다.

데몬즈의 전력을 아는 더 레즈에서는 적어도 20인 이상의 거대 길드가 있을 것이라고 했다. 혹은 3명이서 1위를 지키고 있는 제노사이드거나.

그러나 생각해보면 5위로 갑자기 치고 올라온 메이즈 헌터일 가능성도 충분했다. 뭐 그 이름만 아니었다면 한 마리의 이상한 개를 끌고 다니는 길드가 데몬즈를 붕괴시켰을 것이라고는 상상도 하지 못했겠지만.

"뭐, 우리가 없앤 건 간부들뿐이고, 지들이 자멸했지 뭐."

그 말이 그 말이 아니던가. 한니발을 중심으로 아르민과 신이 지배하는 것이 데몬즈였다. 다른 길드들과는 다르게 정말 지배라고밖에는 표현할 수 없는 길드였다. 왕권제도에서는 왕만 잡으면 모든 게 끝이나 다름없다. 하지만 그 왕을 죽이기가 쉬우면 그게 왕권제도겠는가.

"대단한 길드였네요?"

매서커가 감탄을 하다 고개를 끄덕이며 말했다.

"아, 군주기는 안 나왔네."

혼은 그런 그녀를 무시하며 아쉬워했다.

"뭐, 항상 나오는 건 아니니까요."

"이번에 나오면 다테나 하나 줄까 했는데."

혼은 미소를 지으며 말했다. 다테는 고개를 절래 흔들었다. 안 나왔으니 저 소리를 하는 거지 나왔으면 아마 테스트해보고 자신이 가져가지 않을까. 예전부터 용의 무구가 감정에 반응하는 것이라 좀 아쉽다고 말하던 혼이었으니까.

"그 마음 변치 않기를 기도하마."

다테는 그렇게 말하며 앞으로 걸어갔다.

◈

라스트 필드로 돌아온 시간은 5시 30분이었다. 1시에 출발을 했으니 30분이나 먼저 돌아온 것이다. 혼의 메헌이 돌아오고 얼마 지나지 않아 하나, 둘 밖으로 나갔던 길드들이 복귀하기 시작했다.

세실은 혼자 의자에 앉아 턱을 괴고 돌아오는 일행을 맞이했다.

"왔습니까?"

그녀는 의기양양하게 집을 가리켰다.

"지붕 혼자 올렸다! 멋있지?"

"어, 잘했다."

혼은 그렇게 말하며 어느 정도 모양을 갖춘 집 안으로 들어갔다. 세실이 풀이 죽어 있자 다테와 천화가 그녀의 어깨를 치며 다독거렸다. 혼한테 칭찬이라도 받으려고 한 거 같지만 아마 그건 미궁에서 빠져나가는 것만큼 어려운 일일 것이다.

"이러면 길드 받아줄 줄 알았는데."

"힘들지. 힘들어. 저 인간 마음에 드는 거 말이야. 나 정도는 돼야 받아주는 거지."

다테가 옆에서 놀리는 건지 위로하는 건지 모를 말을 하고 있었다.

"아, 맞아. 다테, 너도 없어도 돼. 이제 하양이가 천화를 지킬 수 있으니까."

"그렇다네?"

세실이 배를 잡고 웃으며 다테를 쳐다봤다. 다테는 정말로 버려지는 것인가 잠시 생각을 하다가 고개를 절래 흔들었다. 그래도 지금까지 죽을 고생 다 같이 넘겨온 사이인데 설마 진짜이려고.

"진짜는 아니지?"

"반은 진짜야. 그래도, 길드는 있는 편이 나으니까. 한 명 더 찾을 때까지는 놔둬 볼까?"

"제가 들어가겠습니다!"

세실이 손을 번쩍 들며 외쳤다. 혼은 그것을 무시하며

집을 살폈다.

전문 건축업자들이 지은 집이 아니었기 때문에 기둥이 부실하거나 못이 튀어나온 곳이 있을 수도 있었다. 혼은 자신이 가지고 있는 전반적인 구조물의 지식으로 정말로 안전하게 지어졌는지를 살폈다.

같은 시각 천화는 침대나, 식기 같은 가구들을 점수 상점에서 구입해 집 안에 배치했다. 그러고 나니 진짜로 별장에 온 느낌이다.

"생각보다는 잘 지었네."

"생각보다는 이라니? 얼마나 열심히 지었는데."

혼에게 까이고 풀이 죽어 있는 세실과 다테 듀오가 식탁에 앉아 말했다. 그때, 집 문이 열리면서 로저 일행이 들어왔다.

"오, 꽤 괜찮은데?"

"혼! 보고 싶었어!"

집 구경을 하는 월터와 혼 구경을 하는 마리나, 그리고 그 뒤로 리더인 로저가 터벅터벅 걸어왔다. 혼은 팔에 엉겨 붙는 마리나는 신경도 쓰지 않고 로저에게 물었다.

"어땠나?"

"별일 없었다네. 진짜로 사냥 포인트와 구역만 설명하더군."

"괴수는 얼마나 만났지?"

"2마리. 그것도 나쁘지 않다고 하더군."

"진짜로 우리가 이상하게 많이 만난 거긴 하네."

천화가 고개를 끄덕였다. 4마리와 거기에 오버로드까지 만나다니. 세 사람이 점수를 모으면 집을 통째로 살 수도 있을 정도의 점수가 하루 만에 벌린 것이었다.

"진짜로 운이 좋은 건가? 아니면 뭐가 있는 건가?"

혼은 혼자 중얼거리듯 말했다.

"그래서 말인데. 점수가 쌓였으니 파티라도 하자고."

로저는 창고에서 BBQ 그릴과 고기, 그리고 각종 채소를 꺼냈다.

"술은 그쪽이 좀 준비해줘. 비싸거든."

월터가 윙크했다. 오늘만 6,000점을 얻은 혼이었다. 혼은 망설임 없이 비싼 술을 대량으로 구매한 뒤 천화에게 넘겼다.

NEO MODERN FANTASY STORY & ADVANTURE

메이즈 헌터

Maze Hunter

3

사냥은 순조로웠다. 격일로 한 번, 사냥을 나갈 때마다 그래도 2마리의 정도의 괴수들은 꼭 나타나 주었다. 허탕을 치고 오는 길드도 많았기 때문에 그 정도면 준수하다고 볼 수 있었다.

첫날처럼 대박을 치는 날은 없었지만 그대로 점수는 꾸준히 모이고 있었다. 천화도 아직 듀얼 마스터가 되지 못했고, 혼도 트라이 마스터가 되지 못했으니 점수를 얻는 것 또한 중요한 일이었다.

혼은 방에 누워 천장을 바라보다 일어났다. 그 뒤 주변에 아무도 없다는 것을 살피고 옷을 들어 옆구리를 살폈다.

"가만히 있어도 아프네."

독인지 뭔지는 모르더라도 심장까지 전이되면 위험하다. 살이 썩어가는 것이 옆구리를 지나 겨드랑이로 점점 올라오고 있었다. 이제 혼자서 해결하기에는 조금 늦은 감이 있었다.

똑똑.

노크 소리에 혼은 황급히 셔츠를 내렸다.

"혼씨, 들어가도 될까요?"

천화였다. 안으로 들어온 천화는 뭔가 난감한 표정으로 밖을 가리키고 있었다.

"좀 나와 보셔야 할 거 같은데."

"왜?"

"제노사이드가 왔어요."

혼은 고개를 갸웃했다가 아~ 하고 벌떡 일어났다. 제노사이드도 라스트 필드를 노리고 있었으니 언젠가 오는 것이 당연했다. 편하게 라스트 필드 생활을 하고 있다 보니 까먹었을 뿐.

"벌써 왔어? 그래서 지금 뭐하는데?"

"나와서 보세요."

천화와 함께 밖으로 나간 혼은 제노사이드를 한 번에 찾을 수 있었다.

부릉부릉, 오토바이와 자전거 한 대가 입구 쪽에 서 있었다. 오토바이 뒤에 서 있는 꼬마는 딱 봐도 엘리아였다.

"여기 주인 나오라 해 이 자식들아!"

그 앞에 루시오는 가만히 이마를 짚고 있었고 헥터는 하하 웃으며 라스트 필드를 훑어보고 있었다.

사냥을 나갈 사람들은 다 사냥을 나간 시각이었다. 관리자로 남아있던 매서커가 황급히 제노사이드 쪽으로 뛰어가는 것이 보였다.

"엘리아 성격에 가만히 안 둘 거 같은데."

"그렇겠죠?"

혼의 걱정은 타당했다. 엘리아는 강자만 보면 먹어 치우고 싶어 하는 사이코였다. 머리에 꽃만 꽂으면 영락없이 광년이다. 게다가 제노사이드라면 더 레즈를 몰아내고 이 라스트 필드의 주인이 될 수 있는 힘을 가지고 있었다. 과연 엘리아는 자기보다 약한 적의 제안을 받아들일까?

"루시오가 알아서 하겠지만."

혼은 그렇게 중얼거리며 움직였다.

"라스트 필드에 명확한 주인은 없습니다."

매서커는 미소와 함께 제노사이드에게로 향했다. 루시오는 그제야 안광을 밝히며 매서커를 스캔했다. 나름 루시오도 사람을 꿰뚫어보는 심안을 가지고 있었기 때문에 매서커가 적이 아니라는 것을 쉽게 알아내겠지만 역시나 문제는 엘리아였다.

"네가 대장이냐!"

엘리아는 오토바이에서 내려 미소를 지었다.

"이래서 미궁이 좋다니까."

루시오는 입맛을 다시는 엘리아를 가만히 쳐다봤다. 엘리아가 관심을 가진다는 것은 그만큼 매서커가 강자라는 것을 뜻했다. 엘리아는 본능적으로 약자와 강자를 구분할 수 있었다. 약자는 멸시하고 강자는 사랑하는 것이 엘리아였다.

매서커를 대하는 엘리아의 사랑이 피부로 느껴질 정도였다. 완전 첫눈에 반했다. 그리고 엘리아의 사랑은 항상 하루 만에 이별을 고하기 마련이다.

"일단 대기해봐."

루시오는 엘리아가 일을 벌이기 전에 말했다.

"라스트 필드에 주인이 없으면 왜 네가 나서는 건데?"

"관리자니까요."

"그래서, 뭐 하는 곳이야?"

"열쇠를 위해 모두가 노력하는 곳. 뭐 그 정도로 해두죠."

"뻠~, 존나게 열쇠 노가다를 하는 곳, 그런 곳인가? 완전 제대로 된 사회잖아."

헥터가 호들갑을 떨며 말했다. 루시오는 그 말에 인상을 찌푸렸다. 지극히 개인주의에 다른 이에 대한 불신이 가득한 미궁에서 그게 가능한 일일까? 당장 이 안에서 3, 4 길드가 짜고 모두를 기습해 죽이면 이 화합도 끝나는 것이 아닌가.

"그게 말이 된다고 생각해?"

"생각은 자유입니다. 다만, 만약에 당신들이 라스트 필드를 독차지하겠다고 하면 여기 있는 모두가 당신들의 적이 될 겁니다."

매서커가 강하게 말했다. 루시오는 그 말에 넓은 초원에 지어진 집들을 세보았다.

대충 10개가 조금 넘는 숫자. 그것으로 보아 이곳에서 사는 길드는 최대 10개 전후. 루시오는 그 숫자의 길드를 과연 제노사이드의 전력으로 이길 수 있을까를 생각하는 것이었다.

"오랜만이군."

그렇게 한참 머릿속으로 계산하고 있을 때 혼이 등장했다. 루시오는 혼을 보고는 오~ 하며 반가워했다.

"여기까지 용케도 왔네."

"힘들었지만."

매서커는 루시오와 혼을 번갈아 보며 상황을 살폈다.

"몇 주 전에 도착했지. 뭘 생각하는지는 대충 알겠지만 지금까지는 별일 없이 지내고 있다. 그쪽도 문제 일으키지 말아줬으면 좋겠는데. 어때?"

"그런가?"

루시오는 주변을 살펴보더니 고개를 끄덕였다.

"그렇게 하도록 하지. 일단은 말이야. 그래서, 우리도 저 집 같은 걸 받는 건가?"

"아니, 지어야 한다. 땅은 주지."

가만히 두 사람의 대화를 듣고 있던 매서커는 재빨리 고개를 끄덕였다.

"맞습니다. 따라오세요."

매서커는 앞장서서 걸어가기 시작했다. 그 뒤를 루시오가 따라가자 엘리아가 그의 소매를 잡았다.

"루시오, 언제 싸워?"

"나중에 기회가 되면 실컷 싸우게 해줄게."

"저, 혼이라는 남자랑도 싸우게 해준다고 했잖아. 빨리 죽이고 싶다고!"

엘리아가 볼을 부풀리며 살벌한 소리를 했다. 혼은 머리를 긁적였다. 이거 진짜로 믿어도 되는 녀석들인지 모르겠다. 그 광경을 걱정스럽게 쳐다보던 헥터가 중재를 나섰다.

"자자~, 싸우지 말자고. 평화가 좋은 거잖아. 피스~."

"뭐라는 거야. 검둥이."

엘리아는 삐죽거리며 헥터를 지나쳐갔다. 헥터는 민망하게 웃으며 혼을 쳐다봤지만 혼이 그에게 시선을 주는 일은 없었다.

"아, 맞아. 가장 먼저 길드명을 말해주시겠나요?"

"제노사이드."

루시오는 망설임 없이 말했다. 길드명을 받아 적으려던 매서커의 손이 순간적으로 멈췄다가 다시 바쁘게 움직였다.

"랭킹 1위 길드를 만나게 되어 영광이군요. 사실이라면 말이죠."

"믿거나 말거나."

루시오는 어깨를 으쓱하며 말했다. 매서커는 혼의 옆으로 와 마치 속삭이듯 물었다.

"사실인가요?"

"사실이야. 3인조에 저렇게 당당한 거 보면 몰라?"

"그럼 둘은 어떻게 아는 사이인 거죠?"

"악연이지."

혼은 대답했다. 매서커는 고개를 끄덕였다.

"결국, 올 게 왔군요."

매서커가 웃으며 말했다. 혼은 그녀의 미소에 인상을 살짝 찌푸렸다. 제노사이드가 온 것이 좋은 것일까? 아니면 정말로 우려하던 일이 실제로 일어나 짓는 허탈한 웃음일까.

혼이 그런 생각을 하고 있을 동안 매서커는 로저의 땅 옆 지역에 멈췄다. 그녀는 규칙이 적힌 종이를 주며 대략적인 라스트 필드에 관해 설명했다. 헥터와 엘리아는 대놓고 무시하며 잔디밭을 뛰어놀았고 오로지 루시오만이 경청했다.

“루시오! 정말 집은 안 준데?”

“지어야 한다니까.”

“뭐 그것도 재밌겠지만.”

루시오는 한숨을 내쉬었다. 헥터와 엘리아는 의욕적으로 어떤 집을 지어야 할지 그림을 그리고 있었다. 루시오는 그 모습을 바라보다 혼에게 기습적으로 물었다.

“데몬즈를 뚫고 온 거냐?”

“그놈들을 알고 있나?”

“랭킹 3위라는 것쯤은 알고 있지. 그래서, 얼마나 강한 놈들이었지?”

“원을 가진 녀석이 2명이나 있더군. 그게 랭킹 3위라면 1위인 너희는 분명.”

루시오는 피식 웃었다.

“숨길 수가 없네.”

혼은 제노사이드의 진정한 전력을 어느 정도는 알고 있었다. 랭킹 3위인 데몬즈에 트라이 마스터가 두 명이나 있었다. 단순 계산이다. 트라이 마스터 둘로 랭킹 3위라면 고작 3명이서 랭킹 1위에 올라간 제노사이드는 분명 전부 트라이 마스터일 것이다.

“그래서, 더 레즈라고 했지? 저놈들은 어떤 놈들인가?”

“아직 별거 없지만…….”

혼은 말끝을 흐렸다. 루시오는 알았다는 듯이 고개를

끄덕였다.

"꺼림칙한 건 있군."

"증거는 없지만 말이야."

인간의 의심과 욕심은 끝이 없다. 미궁에서 살아남은 사람들은 아마 그것을 누구보다도 잘 알고 있을 것이다. 이렇게 수많은 길드가, 그것도 라스트 필드까지 살아남은 길드가 모여 있음에도 아무 일도 벌어지지 않은 것은 기적과도 같다. 당장 루시오가 마음만 먹으면 혼과 결합해 이 라스트 필드를 차지할 수도 있으니까.

루시오는 잠시 생각하다 말했다.

"다 호구던가, 더 레즈가 상상 이상으로 강하던가. 둘 중 하나인가?"

"줄타기지. 먼저 덤빌 생각을 할 수 없는 거야. 누구라도 일을 벌이면 반대로 잡아먹힐 테니까."

길드의 숫자가 현재 12개로 늘어났다. 입구를 포함해 사냥할 수 있는 장소는 5개였기 때문에 결국 점점 더 사냥할 수 있는 시간이 줄어들고 있다. 한번 사냥을 나갈 때마다 괴수 두 마리를 잡을 수 있다고 쳤을 때, 열쇠를 얻을 확률은 0.2%가 되는 것이다.

"1주일에 거의 1%도 안 되네. 그럼 대충 계산으로 2년은 여기서 죽치고 살아야 한다는 건가?"

혼의 말에 루시오가 고개를 절래 흔들었다.

"뭐 생각할 시간은 많아 보이니까. 나중에 생각하자고. 그나저나……."

"어이, 식충이. 뭐라도 좀 하라고!"

"누가 식충이야!"

루시오가 멀리서 티격태격 싸우고 있는 마리나와 세실을 가리켰다.

"꽤 길드원 수가 늘었잖아."

"둘 다 우리 길드 아니야. 우리 길드는 그대로다."

혼은 한숨을 쉬었다. 마리나는 어떻게든 혼에게 얹히려는 세실을 마음에 들어 하지 않았다. 능력 없는 인간이 정만으로, 특히 여자가 외모를 앞세워 남자들에게 얹혀가는 것을 원래부터 싫어하던 마리나였다.

"그러냐? 그럼 몸조리 잘해라."

"몸조리?"

루시오는 몸을 돌려 걸어가다가 손을 들어 올리는 것으로 대답을 대신했다. 혼은 그런 루시오의 모습에 이마를 짚었다.

"숨길 수가 없네."

그 시각, 더 레즈의 레이먼드가 사냥을 마치고 라스트 필드로 돌아왔다. 매서커는 레이먼드에게 곧바로 제노사이드의 합류를 보고했다. 그것을 들은 레이먼드가 정색했다.

"제노사이드가?"

"언젠가 올 줄은 알고 있었지 않아? 자 이제 어떡하느냐는 거지."

매서커가 미소를 지었다. 남들 앞에서는 레이먼드를 대장이라고 올려 부르던 그녀가 마치 아랫사람을 대하듯 말하고 있었다. 레이먼드는 그런 매서커에게 별다른 말을 하지 않고 말을 이어갔다.

"제노사이드는 어디 있지?"

"아는 사람이 있는 거 같아서 말이야. 왜, 그 전에 들어온 메이즈 헌터 길드. 걔들이랑 아는 사이던데?"

매서커는 레이먼드의 바로 옆으로 가 팔짱을 끼었다. 레이먼드는 머리를 감싸 쥐었다.

"분명히 그 녀석들 전력이 굉장하다고 들었는데."

"그래, 오버로드 1성 정도는 쉽게 잡을 수 있을 정도지."

"거기에 제노사이드라면 위험한 거 아닌가?"

"과연 그럴까?"

매서커는 손가락을 펴 보이더니 하나씩 접으며 말했다.

"제노사이드, 메이즈 헌터, 그리고 건즈. 이렇게 세 길드가 연합이라는 사실을 우리는 알고 있지. 총 12개의 길드 중에서 랭킹 1위, 그리고 5위, 그리고 나름 걸출한 실력의 길드가 연합이 된 거야. 이들의 전력이 어느 정도일까?"

"글쎄, 그래도 고작 10명 남짓인데……."

"절반."

매서커는 입을 가리며 웃었다.

"절반이야, 절반. 라스트 필드 전력의 절반은 제노사이드가 가지고 있는 거지. 어때? 뭘 말하는지 알겠지?"

레이먼드가 정색하며 매서커를 쳐다봤다. 매서커는 눈웃음을 치며 고개를 절래 흔들었다.

"그렇게 심각한 표정 짓지 마. 생각이 너무 많아도 문제네."

◈

며칠 뒤, 또 다른 두 명의 남자가 라스트 필드로 찾아왔다. 과거 살인 피구에서 만났던 하이 형제들이 주인공이었다. 단 두 명뿐이라 전력상으로는 강력하지 않았으나 혼과 같은 길을 걸어오면서 강력한 적들이 대부분 사라졌기 때문에 라스트 필드까지 올 수 있었다.

하이 형제도 스윈던을 지나온 길이었다. 아직 주인이 나타나지 않아 무법지대가 된 그곳은 쉽게 돌파할 수 있었다.

똑같이 자리를 받았지만 하이 형제는 집을 짓기보다는 그냥 텐트 생활을 하기로 마음을 먹었다.

"저기 진짜 예쁜 여자 있는 거 봤어요? 대박."

"난 관심 없다."

쑨 하이는 혼자 있는 세실에게서 눈을 떼지 못하고 있었다. 다행인지 아닌지 로저의 건즈가 사냥을 나가지 않았기 때문에 그쪽으로 넘어가 놀고 있던 참이다. 월터가 차에 부스터를 달겠다고 아침부터 망치 소리를 내고 있던 참이다.

세실은 그 옆에 앉아 가만히 월터가 하는 일을 지켜보고 있었다. 그 모습을 가만히 보던 쑨 하이가 벌떡 일어났다.

"아무래도 안 되겠습니다. 형님. 가서 말이라도 좀 붙여봐야겠소."

"너 맨날 차이지 않았느냐? 그냥 포기해라. 괜히 얼굴 맞대고 살아야 하는 사람들한테 초면부터 창피당하지 말고."

"에이, 그때는 그때고 지금은 지금이죠."

쑨 하이는 자신 있게 일어나 성큼성큼 로저의 집 쪽으로 걸어갔다. 곰 같은 동생을 쳐다보던 샤오 하이는 고개를 절래 흔들었다.

"안녕하십니까. 옆에 이사 온 쑨 하이라고 합니다."

쑨 하이는 다짜고짜 월터의 앞으로 가 인사했다. 차 밑으로 들어가 작업을 하던 월터가 등받이를 밀며 밖으로 나왔다.

"아, 안녕하십니까?"

월터가 일어나 손을 내밀었다. 쑨 하이는 손을 잡아 흔들며 시선을 세실에게로 옮겼다. 자연스럽게 악수는 세실에게로 넘어갔다.

"옆에 이사 온 쑨 하이라고 합니다."

"네."

세실은 쑨 하이가 내민 손을 머쓱하게 만들었다. 그녀는 일어나 고개를 살짝 기울이며 인사를 하더니 월터에게 고했다.

"그럼 난 이만 가볼게."

"벌써 가? 마리나랑 로저 대장 곧 훈련 끝내고 올 텐데."

"그러니까 가는 거야. 마리나는 맨날 나만 보면 뭐라고 해."

"누가 뭐라고 했는데?"

저 멀리서 마리나가 땀을 닦으며 돌아오고 있었다. 사냥이 없을 때는 로저와 함께 신체를 단련하고 있었다. 신체 각성으로 인간의 한계를 뛰어넘는 능력을 갖췄지만, 무한히 발전할 수 있는 특성을 최대한 이용해야만 계속해서 살아남을 수 있기 때문이다.

"호랑이도 제 말 하면 온다더니. 쳇."

"그럼 내 집에 내가 오지. 근데 누구야?"

마리나가 쑨 하이를 보며 월터에게 물었다. 쑨 하이는 마리나를 넋 놓고 쳐다 화들짝 놀라며 입을 열었다.

"저, 저, 저는 쑨 하이라고 합니다."

금발 미녀가 두 명이라니. 이 얼마나 대단한 길드인가. 미궁의 특성상 지금까지 수많은 미녀를 지나가며 보았지만 이 정도로 퀄리티가 높은 길드는 굉장히 드물었다. 게다가 쑨 하이는 지금 형과 단둘이 미궁을 돌아다니고 있지 않았는가.

"아, 그렇습니까?"

마리나는 고개를 끄덕이고는 바로 집으로 들어갔다.

"씻을 거야. 곧 혼도 오니까 몸단장 좀 해야지. 물 데워져 있지?"

"오래 씻지 마! 뜨거운 물 얼마 없다."

"오케이~ 오케이~."

샤워를 위해 들어가는 마리나를 넋 놓고 쳐다보던 쑨 하이의 등 뒤로 샤오 하이가 말했다.

"혼이라고 했지. 방금."

"엄마~ 깜짝아. 아 형님!"

샤오 하이가 고개를 훽 돌려 출구 쪽을 바라봤다. 시간이 6시에 가까워지는 시점이었다. 하나, 둘 사냥을 나갔던 길드가 돌아오고 있었고 그중에는 혼도 섞여 있었다.

"역시 여기 있었구나."

"뭐가 말입니까?"

"그 남자 기억 안 나느냐. 둔탱아."

"아, 아. 알 거 같네. 알 거 같습니다. 형님."

누 사람을 가장 먼저 알아본 것은 당연하게도 천화였다. 천화는 멀리서부터 샤오 하이와 쑨 하이의 정체를 알아차리고 손을 흔들었다.

"여기까지 오셨네요."

"뭐, 어떻게든 말이야."

샤오 하이는 반갑게 혼에게 말했다.

"오랜만이다. 또 만났군."

"그러니까, 너 이름이 뭐였지?"

혼은 알면서도 괜히 물었다. 샤오 하이는 잠시 당황했지만 이내 너털웃음을 지으며 말했다.

"샤오 하이라고 하네. 왜 그 피구 같이 했던."

"아아, 생각났다. 그 활 쏘던 사람."

"아는 사이야?"

차 작업하고 있던 월터가 손을 멈추고 물었다.

"아는 사이라기보다는 인연이 있는 사이지."

"그래? 오, 아는 사람 진짜 많다."

세실이 초롱초롱한 눈으로 말했다. 아는 사람이 많다고 하면 많을 것이다. 일이 많았고, 그러면서 협력을 한 사람도, 죽인 사람도 많았다. 로저나 하이 형제처럼 좋은 인연으로만 이루어진 사람들이 있는가 하면 제노사이드처럼 어쩔 수 없는 상황이 아니었다면 싸웠을 사람들도 있으니까.

"자, 잠깐. 혼씨. 그, 처자도 그쪽 길드였습니까?"

쑨 하이가 세실을 가리키며 물었다. 혼은 세실을 힐끗 보고는 고개를 저었다.

"우리 길드는 아니야. 그냥 동행."

"아, 진짜입니까? 그래도 뭐 잘 아는 사이 아닙니까?"

쑨 하이가 이상하게 웃으며 물어보자 세실이 혼의 팔을 끌어안았다. 나쁜 의도로 그러는 것은 아니었지만 쑨 하이의 표정은 여자들 위기감을 느끼게 하기 충분했다. 곰 같이 생긴 남자가 어린 여자를 보고 실실 웃는 데 위기감을 느끼지 않을 여자가 어디 있겠는가.

"쑨 하이. 진정해라."

샤오 하이의 말에 쑨 하이가 조용히 꼬리를 내렸다. 커다란 개가 풀이 죽은 모습이다.

"나중에 자리 잡고 소개하지."

혼은 쑨 하이가 뭘 원하는지를 단번에 알아차리고 말했다. 쑨 하이는 고개를 끄덕이며 양손으로 혼의 손을 잡았다.

"감사합니다."

"감사까지야 뭐……."

"혼! 벌써 왔어?"

멀리서 마리나가 날아들어 혼에게 안겼다. 쑨 하이가 입을 벌리고 서서 그 광경을 부럽게 쳐다봤다.

"침 닦아라. 동생."

"평범한 녀석은 아니었지만."

쑨 하이는 불쌍하다는 듯이 옆의 천화를 쳐다봤다. 가만히 그와 눈을 맞추고 있던 천화는 고개를 갸웃거렸다. 그러다 쑨 하이가 고개를 절래 흔들자 얼굴이 붉어졌다.

"그래도 소개해 준다고 했으니까!"

쑨 하이는 그렇게 말하며 아쉬운 발걸음을 돌렸다.

"꺄아악! 매서커 부대장. 어떻게 된 거에요!"

저 멀리서 여자의 비명이 들렸다. 6시가 조금 넘은 시간, 더 레즈의 사냥대가 돌아오고 있었다. 사냥을 떠난 사람은 매서커를 비롯해 6명이었지만 출구에서 걸어들어오고 있는 것은 오직 한 사람뿐이었다.

"뭔 일이 났는데."

언덕 위에 자리를 잡고 있는 혼 일행은 라스트 필드의 출구를 한눈에 볼 수 있었다. 상처를 입은 매서커를 향해 더 레즈의 길드원들이 달려가고 있었다.

"가볼까요?"

천화가 조심스럽게 물었다. 혼은 대답하기보다는 먼저 움직였다.

인파 사이에는 사냥에서 막 돌아온 제노사이드도 있었다. 매서커는 상처투성이였지만 꼿꼿하게 서서 보고했다.

"무슨 일이 있었지?"

레이먼드가 질문했다. 매서커는 매서운 눈초리로 말했다.

"괴수들에게 기습을 당했습니다. 최대한 분전했지만, 저만 살아올 수 있었습니다."

"기습이라니?"

"네, 기습입니다. 그것도 5마리 동시에."

"아니, 그럴 리가 없지 않나."

괴수들은 지능이 없다고 봐도 무방할 정도로 오직 파괴라는 본능에만 의지하는 생명체였다. 그런 괴수들이 그룹을 지어 다닌다는 것은 여기 라스트 필드의 그 누구도 듣도 보도 못한 것이었다.

"하지만 맞습니다. 한 번에 나타난 괴수 5마리에 길드원 전원이 사망. 저만 도망쳐 왔습니다."

매서커는 고개를 숙이고 분한 듯 몸을 떨었다.

"그룹이라."

혼은 작게 중얼거렸다. 모든 판단은 의심으로부터 시작되어야 했다. 가장 먼저 생각이 든 것은 과연 매서커가 진실만을 말하고 있는가였다. 그리고 만약 진실이든 아니든 왜 저런 정보를 가지고 돌아왔느냐였다.

"어이, 루시오."

혼은 루시오의 옆으로 갔다.

"저거 진짜인가? 우리는 그런 거 못 봤는데."

"이쪽도 마찬가지다."

"잠깐! 오늘 사냥을 나갔던 길드 다 돌아왔는가?"

레이먼드가 먼 곳을 보며 외쳤다. 그는 하나, 하나 체크를 해보니 인상을 찌푸렸다.

"한 길드가 비는군. 아직 돌아오지 않았어."

시간은 6시 30분이 넘어가고 있었다. 수색대를 파견해야 했지만 매서커의 소식이 엇물리며 상황이 모호해졌다. 만약에 수색대를 파견했다가 그룹을 만든 괴수들에게 걸려 전멸한다면 그건 그거대로 엄청난 손실이었다.

혼은 망설이고 있는 레이먼드에게로 향했다.

"수색대 파견 안 하는 건가?"

"괴수들의 전력을 모르니까."

"그렇다면 나와 이 제노사이드가 나갔다 와도 될까?"

"뭐라고?"

레이먼드가 당황해하며 되물었다. 괴수 중에서는 100점, 200점짜리 약한 것들도 있었지만 그런 건 라스트 필드에서는 괴수라고 부르지 않는다. 현재 매서커가 말하고 있는 괴수는 최소 1,000점짜리 대형 괴수들이었다. 그리고 이들은 듀얼 마스터가 적어도 셋은 있어야 사냥할 수 있을 만큼 강했다.

그런 괴수들이 5마리 이상 무리를 지어 다니고 있다는 것이다. 한 개체를 사방에서 포위할 수 없는 한 난이도는 더 올라가기 마련이다. 그렇다면 현재 수색대는 듀얼 마스터 20명 이상으로 꾸려야 한다는 이야기가 된다.

루시오는 혼을 툭 치며 물었다.

"무슨 생각이지?"

"용돈 벌이 하는 겸 저 말이 사실인지 알아보려고."

루시오는 이해했다는 듯이 고개를 끄덕였다. 윈을 가지고 있는 제노사이드와 혼의 길드가 힘을 합친다면 괴수 5마리 정도는 처리 가능할 것이다.

최소 5,000점. 무시할 수 있는 점수는 아니었다. 게다가 진짜 괴수들이 그룹을 지은 것인지, 아니면 매서커가 만난 특정 집단이 있는 것인지를 알아볼 필요도 있었다. 어쨌든 사냥이 필요한 것은 혼도, 제노사이드도 마찬가지였으니까.

"좋아. 하지만 무리하지는 말게."

레이먼드가 어렵게 허락 신호를 내렸다. 뒤에서 가만히 보고 있던 엘리아가 방방 뛰었다. 그에 비해 헥터는 울상이 되어 있다.

"뭐야, 또 나가 놀 수 있는 거야?"

"아, 난 힘든데. 가서 쉬면 안 돼?"

"무슨 소리야 검댕이! 빨리빨리 움직이자고!"

헥터의 한숨 소리와 함께 혼은 천화와 다테를 불렀다. 그리고는 아직 돌아오지 않은 길드가 출발한 3번 출구에 섰다.

"발견하든 못하든 2시간 안으로 돌아오지."

"행운을 빈다."

레이번느의 배웅을 받으며 두 길드는 출발했다.

◈

"죽은 건 확실하네."

3번 출구를 떠나서 30분이 조금 넘었을 때, 시체 한 구가 발견되었다. 하체 부분이 소실된 것으로 보아 먹힌 것으로 보는 것이 맞을 듯싶었다.

라스트 필드에서 생활하면서 얼굴을 몇 번 마주쳤던 남자였다. 이 남자의 길드는 총원 7명으로 사냥에는 전원이 움직였다. 시체의 머리가 향하고 있는 방향이 라스트 필드 쪽인 것으로 보아 도망치던 도중으로 추론할 수 있었다.

"괴수들은 보이지 않는데."

"그러게 말이야."

시체를 발견하고 몇 분 더 돌아보았지만 또 다른 시체만 발견될 뿐 괴수들은 나타나지 않았다. 결국, 시무룩해진 엘리아만 데리고 라스트 필드로 복귀할 수밖에 없었다.

결과적으로 알아낸 것이라고는 7인의 듀얼 마스터로 이루어진 길드가 전멸할 정도로 강력한 습격이 있었다뿐이다. 그것이 매서커의 말대로 그룹을 만든 괴수들일지, 아니라면 강력한 오버로드일지는 알 수 없다.

어쨌든 시체가 발견된 이상 레이먼드는 규칙을 바꿀 수 밖에 없었다. 지금처럼 길드 하나하나가 각각 움직일 수는 없는 상황. 레이먼드는 최소 두 길드, 혹은 세 길드를 하나로 묶어 사냥 스케줄을 짜기 시작했다.

"랭킹에 따라 상위 랭킹 길드가 하위 랭킹 길드와 팀을 짜기로 한다. 이의가 있다면 말해주게."

모든 길드의 리더들이 모인 장소. 혼과 루시오, 그리고 로저와 샤오 하이가 한 자리를 차지하고 있었다. 이의를 제기할 것도 없었다. 길드마다 실력의 차이는 있었기 때문에 전력을 맞추려면 어쩔 수 없었다.

"열쇠는 어떻게 하는 거지?"

루시오가 물었다.

길드가 함께 사냥하는 것은 크게 상관이 없다. 한 길드가 괴수들을 독점하지 않는 이상 점수는 자동으로 나누어질 것이고, 나오는 혈석이야 공평하게 나누면 되는 것이다.

문제는 열쇠였다. 만약 열쇠가 나온다면 각 길드는 그것을 차지하기 위해 싸울 것이다. 그렇게 되면 상대적으로 더 약한 하위 길드가 당할 것이 분명했다.

"열쇠는 문을 열어 한 길드를 다음 미궁으로 보내준다고 한다. 그러면 간단하다. 같이 나갔던 길드끼리 새로 길드를 만들어라. 다음 미궁으로 가서 탈퇴하든 아니면 다같이 다니든 그건 상관없는 일 아닌가."

길드를 만들고 없애는 것에는 딱히 비용이 들지 않는다. 그렇기 때문에 레이먼드가 하는 말은 정석 중의 정석이었다.

하나 하위 길드에게는 별로 좋은 제안이 아니었다. 한마디로 상위 길드가 지켜줄 테니 열쇠의 권한을 내놓으라는 것이나 다름이 없었다.

열쇠가 발견되는 순간 상위 길드나 하위 길드 모두 열쇠의 존재를 알아차릴 것이다. 그렇다면 열쇠는 절대적으로 상위 길드의 차지였다. 하위 길드가 어설프게 숨겨봤자 제거당한 뒤 열쇠를 빼앗길 뿐이다.

상위길드는 협상을 진행할 것이다. 점수를 내놓으면 데려가 주겠다, 뭐 그런 내용일 것임이 분명하다.

예상대로 하위 길드에서 한숨 소리가 들려왔다. 그들은 거절할 수도, 그렇다고 레이먼드의 제안을 받아들일 수도 없었다. 거절할 경우 사냥이 불가능해지고, 받아들일 경우 상위 길드의 수족이 될 수밖에 없다.

"차라리 이렇게 하는 게 어때?"

혼이 말하자 모두의 이목이 그에게로 쏠렸다.

"강한 애들은 그냥 다니고, 약한 애들은 뭉치라고 해."

"강한 애들?"

"예를 들면 여기 제노사이드 말이야. 아마 애들은 도움 필요 없을걸?"

"그렇다."

루시오가 고개를 끄덕였다. 괴수 5마리는 좋은 점수 덩어리다. 없어서 그렇지 그런 게 있는 줄 알았다면 찾아다니면서 사냥했을 것이다.

트라이 마스터가 된 뒤에도 점수는 필요했다. 굳이 그 정보를 혼과 공유할 필요는 없었지만.

"나도 뭐 그렇게 많이 필요하지는 않아. 로저네랑 여기 중국인 형제 정도면 충분하지. 나머지는 알아서 짜라고."

레이먼드가 인상을 찌푸렸다.

라스트 필드에서 가장 조심해야 할 것은 한 길드가 커다란 파벌을 만드는 것이다. 이미 만들어져 있다고 해도 과언이 아닌 메이즈 헌터 파벌의 크기는 더 레즈가 감당하기 힘들 정도로 컸다.

그런 메이즈 헌터 파벌이 더욱더 돈독해지도록 놔둘 수는 없었다.

"아니, 기각이다. 결국, 하위 길드들이 모여 봤자 오버로드 같은 거대한 적을 상대할 수는 없을 거야. 적어도 원을 가진 이들이 하나씩은 있어야지."

"그래서, 더 레즈에는 원을 가진 사람이 몇 명이지?"

"두 명이다. 나와 매서커."

레이먼드의 말에 혼은 고개를 갸웃했다. 원을 가졌는데 고작 괴수 5마리한테 졌다?

원이라는 것은 상상을 초월하는 강력한 힘이었다. 코디의 능력이었던 번개 폭풍과 한니발의 능력이었던 중력조작. 아르민의 능력이었던 라인카네이션까지. 전부 다 전황을 뒤집을 수 있을 만한 것이었다.

"그럼 좋은 생각이 있어."

루시오가 일어나며 말했다.

"우리 길드가 다 도와줄게. 어때?"

혼은 단번에 루시오의 생각을 읽었다.

"욕심이 많네."

"들켰나? 어쩔 수 없잖아. 원을 가지고 있는 건 더 레즈의 두 명과 그리고 우리 세 명뿐. 내 말이 틀렸나?"

아마, 맞는 말일 것이다.

현재 라스트 필드의 서열은 이렇다.

1위 제노사이드. 2위 더 레즈, 그리고 모두 다 건너뛰어 5위 메이즈 헌터다. 메이즈 헌터에는 원 소유자와 버금가는 실력자인 혼이 있었으나 결국 원을 가지고 있는 능력자는 없다.

그 아래로는 10권 밖으로 나가버리니 원을 가지고 있는 사람은 없다고 봐도 무관했다. 듀얼 마스터가 많이 모여 있는 것만으로도 큰 전력이기는 하지만 원 능력자가 있고 없고의 차이는 컸다.

"어차피 하루에 5개의 길드만 사냥을 나가니까. 딱 맞는 숫자라고 생각하는데. 하위 길드 입장에서도 길드 전체가 따라 나가는 것보다는 한 명만 데리고 가는 편이 낫잖아?"

루시오는 점수를 다 먹어버릴 생각이었다. 가뜩이나 사냥 시간이 부족하다며 중얼거리던 참이었다.

어떤 괴수를 잡던 헥터나 루시오, 그리고 당연히 엘리아는 괴수 사냥의 중심이 될 능력이 있었다. 그렇다면 협동으로 잡은 것이 되어 길드와 점수를 나누게 된다. 예를 들어 루시오가 4인 길드와 함께 사냥하면 1000점짜리 괴수의 점수가 5등분 되어 길드에게는 800점이, 루시오에게는 200점이 들어오는 것이다.

게다가 만약에 열쇠가 나오면 그 자리에서 모두를 죽여 버리고 열쇠를 차지해도 된다. 죽이지는 못하더라도 열쇠를 가지고 라스트 필드로 도망쳐올 실력 정도는 있었으니까.

"어때?"

"난 찬성이다."

혼이 말했다.

루시오가 점수를 긁어모으려는 생각은 잘 알고 있었다. 남 좋은 일 해주는 것 같았지만 혼 또한 생각이 있었다.

제노사이드 중 누구라도 열쇠를 발견하면 라스트 필드로 돌아올 수밖에 없다. 이들 중 누구라도 같이 사냥 나갔던 길드와 함께 돌아오지 않는 자는 열쇠를 가지고 있다고 봐도 무관했다. 혼은 거기에 올라탈 생각이었다.

“찬성했으니 보답은 해라.”

혼이 두시오에게 넌시시 발했다. 두시오는 어이가 없다는 듯이 실실 웃었다.

“형씨는 다 아네. 그지?”

“모르는 놈들이 뇌가 없는 거지.”

“우리도 찬성이다.”

랭킹 11위. 다크 나이츠가 찬성했다. 총 8명으로 전원이 듀얼 마스터인 길드. 게다가 길드장이라는 놈은 트라이 마스터가 되기 위한 점수를 거의 다 모았다는 소문이 들릴 정도로 탄탄한 길드였다.

그들은 설사 제노사이드, 혹은 원 능력자라 하더라도 충분히 제압할 수 있을 것이라 보고 있었기에 찬성을 외친 것이다.

로저와 하이 형제도 찬성. 11개의 길드 중 총 6개의 길드가 루시오의 안을 지지했다. 레이먼드는 잠시 머리를 부여잡고 있다가 고개를 끄덕였다. 다수의 강함이 소수를 압도할 수 있기 때문에 어쩔 수 없이 채택한 약육강식의 정론이다.

“그럼 그렇게 하도록 하지. 모든 길드는 나와, 매서커, 그리고 제노사이드의 누군가를 동행해 사냥을 나간다.”

더 레즈 입장에서는 나쁠 것은 없었다. 제노사이드보다 한 명이 적긴 하지만 그래도 사냥 시간을 최대화시킬 수 있기 때문이다.

그렇게 회의가 끝이 나고 트라이 마스터들이 각 길드에 배치되었다.

"우리가 매서커군."

로저는 건즈 길드 앞에 붙은 매서커의 이름을 보며 중얼거렸다. 혼의 메이즈 헌터 앞에는 레이먼드의 이름이 적혀있었다.

"대놓고 감시네."

샤오 하이와 쑨 하이의 지원군도 레이먼드였다. 즉 제노사이드를 메이즈 헌터 파벌에는 붙여주지 않은 것이다. 표면상으로는 전혀 문제가 없는 인사 결정이었기 때문에 할 말도 없었다.

"신난다! 그럼 이제 매일 움직여도 되는 거야?"

"그래, 동행만 안 죽으면 말이야."

"걱정 마. 걱정 마. 별일 없으면 안 죽을게."

엘리아는 신나서 외쳤다.

"나는 그럼 내일도 나가야 해?"

헥터가 주저앉아 한숨을 내쉬었다. 평화주의자인 헥터에게 이틀 연속 전투는 힘겨운 것이었다.

혼은 폭풍이 지나가고 마음이 풀어진 일행들을 보며 한숨을 쉬었다.

"왜 한숨을 쉬고 있나?"

로저가 물었다.

"우연이리고 생각하나? 시금 이렇게 괴수들이 그룹을 지어 다닌다는 것이."

"원래 재앙이라는 것이 예고하면서 오는 건 아니지."

"아니지. 보통 예고를 하고 와. 지진이든, 화산폭발이든, 전조가 어디에나 있기 마련이지. 다만 인간이 모를 뿐이야."

"그래서 이번 일의 전조는 뭐라고 생각하나."

"첫날."

혼이 고개를 돌려 로저를 보며 말했다.

"매서커와 함께하면 괴수들이 모이는 거 같다. 조심해라."

첫날 4마리의 괴수와 오버로드까지 만났다. 지금까지 매서커는 성실한 부대장의 역할을 맡고 있었으며 모두에게 사랑받는 중간책이었다. 그런 그녀를 혼이 의심하는 이유는 딱 하나였다.

"매서커는 인간이 아닌 거 같다."

"인간이 아니면 또 뭐지?"

로저는 나름 진지하게 듣고 있었다. 그와 같이 전투를 치러본 로저는 혼의 심안을 알고 있었기 때문이다. 혼은 잠시 생각하다가 고개를 절래 저었다.

"모르겠군. 그냥 그렇단 소리다."

혼은 로저의 어깨에 손을 올리고 다른 이들이 저녁을

먹으며 수다를 떨고 있는 곳으로 향했다.

❖

“그럼 조심해서 갔다 와라.”

다음 날, 건즈가 사냥을 하러 나갈 차례였다. 준비를 마친 매서커가 2번 출구에서 대기 중이었다.

“오늘은 부스터를 실험해야겠네.”

월터가 콧노래를 흥얼거리며 차에 올라탔다. 마리나는 사수자리에 앉아 기관총을 손봤고, 로저는 조수석에서 매서커를 내려다보았다.

“뒤에 타면 된다.”

“감사합니다. 걷지 않아도 돼서 좋네요.”

매서커는 미소와 함께 트럭 뒤로 올라갔다.

미소라, 로저는 혼이 했던 말을 기억해냈다.

매서커는 인간이 아닐 수도 있다.

5명이나 되는 길드원을 바로 전날 잃었음에도 미소를 지을 수 있을까. 아무리 그것이 접대용이라 하더라도 인간미가 느껴지는 행동은 아니었다.

로저는 그런 생각을 하며 차를 타고 밖으로 나갔다.

뒤에 앉은 매서커는 마리나와 수다를 떨고 있었다. 주된 내용은 각자의 단장을 까는 것이었다.

"우리 단장은 재미가 없어. 이참에 메이즈 헌터로 이적이나 해버릴까? 한 명이면 받아줄 텐데."

"다 들린다. 마리나."

"들리라고 한 겁니다~."

"하하하, 뭐 우리도 잘 말해서 같이 들어가죠. 뭐."

월터는 낄낄거리며 말했다. 혼과 함께 다닌다면 그만큼 안전할 것이고, 또 재밌을 것이라는 생각이 들었다. 로저는 창밖을 보며 중얼거렸다.

"허락만 한다면 뭐. 그렇게 하지."

"진짜지 대장!"

끼이이익!

로저를 보며 말하던 마리나는 관성에 의해 트럭 앞쪽에 머리를 부딪쳤다. 혹이 났나 확인을 하던 마리나는 신경질적으로 월터에게 외쳤다.

"아, 뭐야!"

"괴수들인데?"

"괴수들?"

마리나는 시선을 돌렸다. 그곳에는 각종 괴수 10마리 이상이 금방이라도 달려들 것처럼 트럭을 노려보고 있었다. 그룹을 지었다고 말은 했지만 그 수가 10마리가 넘다니. 이건 원을 가진 매서커가 있다고 하더라도 어떻게 할 수 있는 숫자가 아니었다.

"차 돌려."

"안 그래도 그러려고 합니다!"

로저의 명령과 함께 월터가 후진 기어를 넣었다. 단번에 차를 돌린 월터는 힘껏 액셀을 밟아 질주했다. 그와 동시에 괴수들이 트럭의 뒤를 쫓기 시작했다.

"제기랄!"

마리나는 망설임 없이 기관총을 갈겼다. 총알이 괴수에게 닿는 순간 강력한 폭발을 일으켰다.

마리나의 무기 능력 폭발탄환.

과거 수류탄 정도의 위력이었던 탄환은 위력이 증가해 불지옥을 만들어내고 있었다. 하나, 최전방에서 탄환을 전부 맞아주던 괴수들만 쓰러졌을 뿐, 뒤따라오던 것들은 아직도 쌩쌩하게 달려오고 있었다.

"더 빨리 못 달려?! 잡힌다고!"

"기다려!"

월터가 악을 쓰며 버튼을 눌렀다. 그러자 엔진이 터져버릴 것처럼 진동하며 갑작스럽게 속도가 올라갔다.

"부스터다! 이 자식들아! 하하하."

이런 일이 있으면 빠르게 도망가기 위해 설치한 부스터가 제 역할을 해준 것이다. 시속 100km도 겨우 나오던 똥차가 200km가 넘는 속도로 질주했다.

지구 생명체 중 최속을 자랑하는 치타의 최고 시속이

110km/h 전후. 미궁의 강력한 생명체들은 더 빨라 200km/h 속도를 내는 괴수들도 적지는 않았다.

그러나 그것은 순간속도일 뿐, 장거리로 가면 지치지 않는 차를 상대할 수 없었다. 게다가 조금만 앞으로 나오면 마리나의 폭발탄환에 맞아 멈출 수밖에 없으므로 건즈는 무사히 도망을 칠 수 있을 것처럼 보였다.

“하하, 이게 바로 이 몸의 역작 부스……!”

콰아악!

트럭 앞 창문이 붉어졌다. 로저는 확장된 동공으로 월터의 머리를 날려버린 손을 보았다. 로저는 곧바로 판단을 내려 핸들을 잡았지만 이미 중심을 잃을 대로 잃은 트럭은 옆쪽으로 달려가 미궁의 벽에 박았다.

“제길!”

로저는 황급히 트럭에서 뛰어내렸다. 괴수들만을 바라보며 기관총을 갈겨대던 마리나도 차에 이상이 생긴 것을 간파하고 과감히 밖으로 뛰어내렸다.

“씨발! 뭐야!”

마리나가 로저를 향해 소리쳤다.

“어떻게 된 거냐고! 대장!”

“월터가 죽었다.”

로저는 가쁜 숨을 내쉬며 조용히 말했다. 마리나는 믿을 수 없다는 듯이 멈춰서 있다가 고개를 절래 흔들었다.

"그럴 리가 없잖아. 도대체 누가……?"

쾅!

마리나는 시선을 돌려 폭발하는 트럭을 보았다. 자욱한 연기 사이로 매서커가 아주 천천히 걸어오고 있었다.

"이야~ 차 좋네요. 그런 이상한 기능도 있고. 예상외였습니다."

"매서커? 왜?"

마리나가 답을 찾는 듯 로저를 쳐다봤다.

"왜라는 질문이 필요할까?"

로저가 몸을 일으켰다.

"중요한 건 말이야. 저 여자는 괴수들이 상관이 없다는 거야. 거기에다가 우릴 죽일 생각 만만이라는 거지."

로저는 답답한지 담배를 꺼내 물었다. 그리고는 팔을 로봇팔로 바꾸어 전투준비를 했다.

"가서 알려라. 마리나. 여긴 내가 맡지."

"대장, 잠깐만. 괴수가 10마리가 넘는다고!"

"그러니까 지금은 내가 죽겠다. 넌 살아서 정보를 알려라."

로저는 담배 한 모금을 쭉 빨아 마시고는 퉤하고 뱉었다.

"가서 메이즈 헌터에 껴달라고 해. 행운을 빈다."

로저는 마리나의 손을 낚아채 저 최대한 멀리 던졌다. 공중을 날아가던 마리나는 몸을 돌려 착지를 한 뒤 그대로 라스트 필드를 향해 달렸다.

"씨발, 죽지 말라고! 이 망할 대장아."

로저는 피식 웃었다.

"어려운 부탁이네. 그려."

매서커는 공중으로 손을 들어 검 한 자루를 소환해 받았다. 로저는 몸뚱어리만 해진 팔을 들어 올려 매서커에게 겨누었다.

"예쁜 아가씨한테 죽는 건가? 나쁘지 않네. 난 당연히 중동 녀석들한테 죽을 줄 알았거든."

"어머, 칭찬도 고마워라."

매서커의 말이 끝나기도 전에 로저의 오른팔이 불을 뿜었다. 분당 3,000발을 쏘아 재끼는 미니건. 로저의 것은 그것보다도 성능이 훨씬 좋았다.

분당 5,000발. 거기에 팔에서는 소형 미사일까지 발사되었다.

"으아아아아!"

로저는 반동에 뒤로 밀리면서도 지지 않겠다는 듯이 소리를 질렀다.

첫 총알이 매서커에게 닿기 직전, 매서커의 머리 위로 붉은색, 초록색, 파란색, 그리고 검은색의 검이 생겨났다.

이윽고, 매서커의 주변은 흙먼지로 사라졌다. 미사일이 포격하고, 수 백발의 총알이 몇 초 만에 쏟아졌다.

선수 필승.

아무리 트라이 마스터라도 방어능력이 아닌 이상 이 공격에서 살아나갈 수는 없었다. 미나건에서 발사되는 총알은 음속을 능가한다.

"죽어라!"

흙먼지 사이로 매서커의 모습이 드러났다. 그녀의 앞을 초록색 검이 방어막을 만들어 보호해주고 있었다. 매서커는 미사일과 총알을 전부 뚫고 나가 로저의 목에 검을 박아 넣었다.

"크윽."

로저는 자신의 목을 통과한 검을 내려다보았다.

"강철신체가……."

"그게 뭐?"

매서커는 미소와 함께 검을 비틀어 빼냈다. 로저의 몸이 뒤로 넘어가고 매서커는 이제는 점이 되어 사라진 마리나를 쳐다봤다.

매서커는 한껏 다리에 힘을 주더니 마리나를 향해 날아갔다. 마치 신속이라도 쓴 듯 빠르게 날아가 매서커는 마리나의 앞에 섰다.

"이런, 도망은 못 치게 됐네?"

마리나는 눈물로 범벅된 얼굴을 닦았다.

"개 같은 년."

매서커는 있는 힘껏 매서커에게 달려들었다. 로저까지 순식간에 처리하고 온 매서커를 이길 수 있는 방법은 오직 하나였다.

바로 마리나의 신체 각성 능력. 독이빨.

어떤 강력한 능력자라도 죽일 수 있는 이 능력으로 한 번만 물 수 있다면 적어도 복수는 가능했다.

"어머머."

매서커는 뒤로 살짝 뛰며 크게 검을 휘둘렀다. 보이지도 않는 일격에 마리나의 아랫배부터 오른쪽 어깨까지 사선의 상처가 생겨났다.

"크윽."

마리나는 그대로 쓰러졌다. 매서커는 그런 그녀의 앞에 가 쪼그려 앉아 말했다.

"그냥 이럴 거면 둘이 같이 싸우지 그랬어요?"

"망할, 망할!"

마리나가 깨문 아랫입술이 터져 피가 흘러나왔다. 매서커는 그런 그녀의 귀에다 속삭이듯 말했다.

"알겠죠? 힘이 없으면 희생도 불가능하다는 거."

그 말이 끝남과 동시에 매서커의 검이 마리나의 목을 지나갔다.

NEO MODERN FANTASY STORY & ADVANTURE

메이즈 헌터

Maze Hunter

4

"늦는군."

혼은 2번 출구의 앞에 서서 말했다. 제노사이드는 이제 막 돌아와 그의 옆에 서 있었다. 6시 30분이 넘어가고 있었다. 옆에서는 천화가 걱정이 되는지 손톱을 물어뜯고 있었다.

"그냥 늦는 거겠죠?"

"결과가 나오기 전까지는 좋을 대로 생각해라."

"수색대를 파견해야겠어."

뒤에서 레이먼드가 걸어오며 말했다. 30분이 지나면 수색대를 파견하는 것이 규칙이었지만 이번에는 매서커마저 돌아오지 못하고 있었다. 어지간한 전력으로는 수색은커녕 자살하러 가는 것이나 다름없다.

"누가 수색을 갈 거지? 제노사이드? 나?"

"네가 간다."

레이먼드의 뒤로 10명이 넘는 더 레즈 길드원들이 모였다. 레이먼드는 진지한 얼굴로 말했다.

"매서커는 우리의 부단장이니까."

부단장도 돌아오지 못하고 있는 이상 이런저런 이유를 대며 수색을 미룰 수는 없었다. 설사 괴수에게 습격을 당했더라도 아직 살아있을 가능성이 있으니까.

"그럼 나도 같이 가지. 아는 놈들이 걱정돼서 말이야."

걱정된다는 것은 사실이었다. 이미 죽었다는 것을 속으로는 알고 있었지만 어떻게, 왜 죽었는지를 알아볼 필요가 있었다. 게다가 매서커라는 여자가 살아있는지도 궁금했다. 매서커를 걱정하는 레이먼드의 행동에는 거짓이 없어 보였지만 그렇다고 해서 매서커와는 관계가 없는 일이라고 확정 지을 수는 없었다.

"확실히. 이번에 사냥을 나간 길드는 너와 친했었지. 그럼 동행하도록 하겠다."

혼은 하양이와 다테를 데리고 와 준비를 마쳤다. 제노사이드의 대장인 루시오가 직접 2번 출구까지 걸어 나와 마중을 나왔다.

"족집게 도사님 이번에도 맞췄나?"

"장난칠 상황은 아닌 거 같은데."

혼이 쏘아보자 루시오가 손을 내저었다.

"장난은 아니라고. 나도 걱정하고 있어."

루시오는 가만히 서서 레이먼드를 기다리는 더 레즈의 길드원들을 보았다. 하나같이 듀얼 마스터 급의 워커들이다. 루시오는 그중에 가장 어려 보이는 여자에게 걸어갔다. 단발의 동남아계 여자였다.

"이런 애도 데리고 가는 거야?"

"미궁에서 겉모습은 상관없지 않습니까?"

여자가 루시오를 쏘아보며 말했다. 루시오는 슬쩍 여자의 머리에 손을 올렸다.

"알아, 안다고."

루시오는 장난스럽게 여자의 머리를 쓰다듬은 뒤 손을 내렸다. 그리고는 볼 일을 다 본 사람처럼 곧바로 손을 흔들었다.

"그럼 난 가보지. 무사히 돌아오라고."

혼은 고개를 끄덕이는 것으로 대답을 대신했다.

레이먼드를 필두로 수색대가 출발했다. 혼은 최대한 후미에 서서 레이먼드를 비롯한 더 레즈의 길드원들을 살폈다.

뒤쪽으로 걸어가는 이유는 두 가지. 아직 더 레즈를 확실하게 신뢰를 할 수 없는 상황에서 등을 내줄 수 없다는 것이 첫 번째 이유였고, 혹시 모를 괴수들의 습격이 있을 경우 누구보다 빠르게 도망치기 위해서였다. 건즈와 매서키기 이기지 못한 괴수들과 정면으로 붙을 수는 없었으니까.

"살아있겠죠? 네?"

천화는 계속해서 같은 질문을 반복했다. 그 질문에 다테도, 혼도 대답해주지 못했다. 둘 다 책임감 없이 살아있을 거라는 허울 좋은 말을 할 수 있는 성격이 아니었기 때문이다.

점점 밤이 어두워지고 있었다. 8시가 지났을까, 구름 한 점 없는 하늘에 떠 있는 달만이 지상을 밝혔다.

수색대는 폭발한 트럭 앞에서 섰다.

트럭을 발견한 천화는 그 자리에 굳어버렸다. 이 미궁에서 저런 군용트럭을 타고 다니는 것은 건즈 밖에 없을 것이다.

"혼씨, 저거."

"무슨 일이 있긴 있었네."

레이먼드가 트럭으로 다가가 안을 확인했다. 불타버린 시체가 하나 운전석에 앉아 있다. 가까이 다가간 천화가 입을 틀어막았다. 다테도 속이 답답한지 한숨을 내쉬었다.

"다른 시체는 없는 건가?"

혼이 레이먼드의 옆으로 가 말했다. 레이먼드는 고개를

저었다. 트럭 근처에는 시체가 하나도 존재하지 않았다.

혼은 고개를 갸웃거리더니 말했다.

“이제부터는 우리가 앞장서지.”

“짚이는 것이라도 있나?”

“있다.”

혼은 천화에게 다가갔다.

“정신 차려. 뭐해?”

천화는 고개를 숙이고 흐느끼고 있었다. 혼은 얼굴을 가리고 있는 천화의 손을 우악스럽게 잡은 뒤 그녀의 얼굴 바로 앞까지 잡아끌었다. 그리고는 눈물범벅이 된 천화에게 단호한 말투로 말했다.

“잘 들어. 여기서 도망칠 수 있는 지형이 어디지?”

“도망칠 수 있는 지형이요?”

“그래, 도망칠 수 있는 지형. 절벽이나, 동굴이나, 혹은 산이나.”

“그, 그건 왜?”

“잘 들어.”

혼은 잠시 레이먼드와 더 레즈의 눈치를 보고는 말을 이어갔다.

“로저 일행은, 건즈는 괴수들한테 죽은 게 아니야.”

“네? 그러면 누구한테.”

“매서커다. 그게 아니라면 또 인간형 오버로드가 있겠지.

최소한 인간 정도의 지능이 있는 그 어떤가에 의해서."

천화의 동공이 흔들렸다. 혼의 말을 믿을 수 없다기보다는 뇌가 납득을 하지 못하는 것이었다.

"건즈는 트럭이 전력의 전부야. 트럭으로 기동전을 펼치면서 싸울 경우 그 어떤 괴수들도 건즈를 쉽게 이길 수 없지. 하지만 만약 괴수와 결전에서 져서 죽었다면 트럭이 저렇게 멀쩡할 리가 없어. 폭발은 했지만, 미궁의 벽에 박아 함몰된 앞부분을 제외하면 트럭에 직접적인 충격은 없었어."

"그렇다면……?"

"트럭의 뒷부분이 뚫려 있었지. 크기로 볼 때 인간의 손 크기야. 그쪽을 당했다면 당연히 기관총과 마리나도 죽었어야 하지. 하지만 기관총은 멀쩡해. 마리나의 시체도 없지. 만약 괴수에게 당했다면 마리나의 시체 또한 저 기관총에 앉아 타버린 채 발견됐어야 해. 로저와 마리나의 시체는 사라진 거다. 즉 일부러 숨긴 거야. 왜라고 생각해?"

"글쎄요?"

"괴수의 공격은 인간을 분쇄하지. 크기부터 차이가 나니까. 만약 로저와 마리나가 검이나 창으로 죽었다면? 그건 인간의 소행이라고 볼 수 있어. 그러니까 숨긴 거야. 부자연스럽게 도륙을 하느니 없애 버린 거지."

천화는 고개를 끄덕였다. 결국, 혼의 말을 요약하면 상황은 둘 중 하나다. 더 레즈의 매서커가 건즈를 죽였던가, 혹은 다른 누군가가 죽였던가.

"다른 누군가가 죽였다면 누군지를 찾아야 하고. 매서커라면 더 레즈를 조심해야 한다. 그래서 여차할 경우 도망칠 수 있는 장소를……."

"알아들었으면 대답해. 있어? 그런 장소가."

"있어요."

천화는 정색하며 고개를 끄덕였다. 그리고는 재빠르게 선두로 가 수색대를 이끌었다.

이야기를 들은 다테는 혼과 천화의 뒤에 서서 더 레즈의 동향을 감시했다. 조금이라도 공격을 하려는 움직임이 보이면 역으로 쳐버릴 생각이었다. 하양이도 그 생각은 같은지 천천히, 마치 살얼음을 걷듯이 움직이고 있었다.

더 레즈는 딱히 다른 움직임을 보이지 않았다. 그렇게 약 1시간을 더 안쪽으로 걸어 들어갔을 때 레이먼드가 말했다.

"구역은 이미 지났다."

천화가 발걸음을 멈췄다. 초원이 끝나고 슬슬 밀림이 나오고 있었다. 나무들이 늘어나면서 달빛이 가려 한 치 앞도 보기 힘든 상황이었다.

"매서커를 찾지 못했으니 더 가야 하는 거 아닌가?"

혼이 되물었다. 건즈는 찾았으나 매서커는 아직 발견하지 못했나. 이대로 돌아가는 것은 더 레즈의 목적과도 위배된다.

"괴수들로부터 도망을 쳤다면 이 안으로 들어갔을 거 같은데."

"좋은 말이다. 과연 몸을 숨기기 좋은 곳이군."

"그리고 내가 찾는 사람들의 사체도 아직 찾지 못했으니 생존해 있을 가능성이 있다고. 돌아가려면 너희가 먼저 돌아가."

"아니, 돌아가지 않겠다. 단지 생각외의 장소로 와서 말이지."

레이먼드의 말과 함께 지면이 살짝 흔들렸다. 혼은 천화의 등을 밀어 앞으로 걸어나가게 했다. 밀림 안으로 들어갈수록 점점 지면의 진동이 강해졌다. 가장 먼저 그것을 느낀 것은 혼과 하양이였다.

하양이는 방향까지 알아내 고개를 돌려 울부짖기 시작했다.

"괴수들이 온다."

이윽고 나무와 같은 모습을 한 거대한 괴수가 나타났다. 괴수는 다짜고짜 천화를 향해 커다란 손을 내리찍었다.

"크르릉."

하양이가 푸른 광선을 쏘아 나무 괴수의 손을 박살 냈

다. 혼은 더 레즈쪽을 바라보며 외쳤다.

"괴수들이다. 움직여!"

"이제 왔는가?"

레이먼드는 잘 보이지도 않는 희미한 미소를 지었다. 혼은 어두운 상황에서도 표정변화를 놓치지 않았다.

"역시나인가."

혼은 천화를 돌아보았다.

"도망치자."

"도망칠 곳이 없을 거 같지 않아? 혼."

다테가 사방을 둘러보며 말했다. 괴수들이 사방을 둘러싸고 있었다. 마치 약속이라도 한듯한 움직임에 혼이 이마를 짚었다.

혼이 생각한 최악. 그것은 더 레즈와 괴수의 협동공격이었다. 첫날 매서커와 움직이며 괴수 4마리를 만나고, 거기에 오버로드까지 만난 것은 우연이 아니었다.

매서커는, 그리고 더 레즈는 괴수들까지 마음대로 움직이고 있던 것이었다. 그 방법은 알 수 없었지만 현재 더 레즈 길드원들의 표정을 보고 확신할 수 있었다.

괴수들이 사방에 깔렸음에도 위기감이라고는 느낄 수 없는 표정. 혼은 더 레즈를 주시하며 말했다.

"천화야. 뛰어. 이 녀석들을 확실하게 따돌릴 수 있는 곳으로. 하양이는 천화 지키고, 다테는 나와 함께 길을 연다."

"오케이."

다테가 상황을 빠르게 판단했다. 천화는 살짝 눈치를 보다가 힘껏 달리기 시작했고, 느린 천화가 답답했는지 하양이가 머리를 천화의 다리 사이에 끼워 넣더니 자신의 등 위로 올렸다.

"하양아! 일단 전진."

"키에에에엑!"

공중을 날아다니던 거대한 시조새가 천화와 하양이에게 달려들었다. 그것은 다테가 뛰어올라 빙(氷)의 기운을 담은 주먹으로 후려쳤다. 날개가 얼어버린 괴수는 그대로 땅으로 고꾸라졌다.

"의미 없는 짓을 하는군."

레이먼드가 움직이기 시작했다. 괴수들로 처리할 수 있었으면 좋았겠지만, 실력 있는 길드들은 충분히 괴수들로부터 도망칠 수 있는 능력을 갖추고 있었다. 괴수들은 상대가 도망치지 못하게 하기 위한 장애물일 뿐.

레이먼드가 뒤에서 달려오는 것을 확인한 혼은 발을 멈추었다.

"왜 멈춰."

"추격을 막고 가겠다."

"야, 인마! 그 자식 트라이 마스터인 거 못 들었어?"

"도망칠 거야. 내가 가장 빠르잖아."

혼의 말에 다테가 짜증스런 표정으로 말했다. 혼의 신속은 도망치기에 최적화된 능력이었다. 게다가 혼이 못 이길 상대라면 다테가 남는다 하더라도 시간을 끄는 것은 불가능했다.

"돌아와라."

"그러지."

다테는 그렇게 말하며 천화의 앞을 가로막는 괴수들을 처리했다.

"이런, 이런 희생정신인가?"

"합리적인 선택일 뿐이다."

혼의 양손에는 용의 무구가 들려 있었다. 그것이 주황색으로 빛나 어둠을 밝히고 있었다.

레이먼드는 창을 소환해 손에 들었다.

강력한 찌르기가 예고도 없이 혼에게 날아들었다. 혼이 창을 쳐내 궤도를 틀면서 전투가 시작되었다.

-전투악귀(戰鬪惡鬼)-

어둠 속에서는 상대의 공격이 어느 정도의 속도인지, 정확히 어디를 노리고 들어오는지를 알아내기가 힘들다. 하지만 전투악귀를 발동한 혼에게는 대낮에 하는 전투만큼 모든 정보가 직관적으로 들어왔다.

혼은 순식간에 레이먼드를 몰아붙여 그의 목을 향해 검을 내질렀다.

"거울 방패."

얇은 막이 레이몬드의 목에 생성되어 혼의 검을 막았다. 그 순간 엄청난 통증이 혼의 팔에 전달되었다.

"크윽."

거울 방패. 레이먼드의 무기 각성 능력으로 작은 부분에 충격을 반사하는 막을 만드는 것이다. 혼은 저린 팔을 진정시키기 위해 뒤로 물러났다.

옆구리가 쑤신다.

고통이라는 것은 전투에 있어 꼭 필요한 것이지만 불리해지게 되는 가장 큰 이유이기도 하다. 고통만 없다면 다리를 삐어도 전처럼 움직일 수 있고, 주먹이 박살 나더라도 스트레이트를 적의 얼굴에 박아 넣을 수 있다.

"역시, 매서커가 옳았어. 제노사이드를 죽이기 전에는 꼭 처리해야 한다고 하더니. 그 말대로군."

레이먼드가 씩 웃었다.

"전력으로 가주마. 원(元) 홍왕장갑(紅王裝鉀)"

공중에 생성된 붉은 갑옷이 마치 로봇이 조립되듯 레이먼드의 몸에 가 붙었다. 강철 갑옷처럼 보이는 그 옷은 온통 붉은색이었으며 얼굴을 가린 독수리 얼굴 투구가 안광을 내뿜었다.

레이먼드는 언월도를 손에 들고 자세를 잡았다.

"원으로 변신도 하네?"

혼은 오랜만에 긴장하며 용의 무구를 들어 올렸다. 레이먼드는 전과는 확연히 다른 속도로 혼에게 창을 내질렀다.

부우웅!

가까스로 피한 혼의 귀에 공기가 파열되는 소리가 들어왔다. 그와 동시에 칼날을 세운 언월도가 방향을 틀어 혼의 목을 노리고 달려들었다.

-신속-

혼은 고개를 숙이며 그것을 피한 뒤 반격을 나섰다. 혼의 신속과 거의 비슷한 속도로 레이먼드가 창을 당겨 가져온 뒤 어깨로 혼의 복부를 박았다.

"크윽."

혼은 어깨 갑옷에 가슴을 맞아 날아갔다.

전반적인 신체능력이 비약적으로 올라갔다. 몸 상태가 제대로였다 하더라도 쉽게 이길 수 있는 상대는 아니었다.

홍왕장갑. 현재 레이먼드가 입고 있는 갑옷은 어지간한 공격으로는 흠집조차 내지 못할 정도로 단단했고 무기로 주어지는 붉은 창은 세버런스처럼 그 어떤 것도 베어버릴 수 있는 능력을 가지고 있었다.

'시간을 더 끌기는 어렵겠네.'

혼은 눈치를 보다가 신속으로 빠르게 도망치기 시작했

다. 레이먼드는 그런 그의 뒤를 바짝 따랐다.

다테와 천화가 어디 있는지 알아내기는 쉬웠다. 아직 괴수들에게 막혀 멀리 가지도 못했으며 전투가 한창인지라 소리도 명확하게 들렸으니 말이다.

혼은 일부러 다른 길을 택했다. 이대로 레이먼드를 천화에게로 끌고 가는 것은 다 같이 죽자는 것이나 다름이 없었다.

어느 정도 천화와 다테에게서 멀어진 혼은 적당한 장소에서 멈췄다.

“무덤은 여기로 정한 건가?”

“누군가의 무덤이 되기는 하겠지.”

시간을 길게 끌 수는 없다. 체력전으로 가면 처음부터 부상을 입고 시작한 혼이 불리할 수밖에 없었다.

“빠르게 끝내주마.”

혼은 움직일 수 있는 최고속으로 레이먼드에게 달려들었다. 레이먼드는 당연하게도 제대로 반응하며 혼이 들어오는 궤도에 창을 찔렀다.

0.1초의 찰나.

혼은 예상이라도 한 듯 창을 빗겨나갔다. 창끝이 혼의 볼에 닿아 상처를 만들었지만 혼의 검은 레이먼드의 다리를 후려쳤다.

캉!

강철음과 함께 공격이 시작되었다. 혼은 그 공격을 시작으로 무차별하게 검을 휘둘렀다.

캉캉캉캉캉!

1초에 20번도 넘는 타격음이 밀림을 가득 채웠다. 폭풍처럼 몰아치는 혼의 공격에 레이먼드는 반격의 실마리조차 잡지 못하고 있었다.

틱!

장갑에 금이 가는 소리가 명확하게 두 사람의 귀로 파고들었다. 레이먼드의 심장이 철렁하고 내려앉았다.

지금까지 홍왕장갑이 깨진 것은 한 번밖에 없다. 그때 상대했던 자는 상상을 초월하는 적이었기 때문에 충분히 그럴 수 있다. 하지만 지금은 다르다.

상대는 트라이 마스터도 아닌 듀얼 마스터. 단순한 공격에 홍왕장갑이 부서진다고? 그건 말이 되지 않는다.

'깨져라. 깨져라. 깨져라!'

혼의 머릿속에는 온통 그 생각뿐이었다. 강철이 믹서기에 갈리는 것과 같은 소리가 울려 퍼지고 있다. 공격하는 쪽이 먼저 지쳐 쓰러지는가, 갑옷이 깨져 레이먼드가 죽는가, 그 둘 중 하나로 결과는 압축되었다.

틱, 틱, 틱!

갑옷의 균열이 늘어나고 있다. 거의 다 왔다.

"멈춰! 멈추라고!"

여유롭던 레이먼드가 외쳤다. 하지만 무아지경 상태에 들어간 혼에게 그의 외침은 들리지 않았다.

"안 돼! 안된다고!"

조금만, 조금만 더. 그렇게 생각하며 혼이 검을 내지려는 순간 옆구리에서 엄청난 통증이 올라왔다.

"큭."

몸이 과부화를 견디지 못하고 비명을 지른 것이다. 그것도 이보다 더 나쁠 수 없는 타이밍에.

혼은 이를 악물었다. 속도는 줄일 수 없다. 눈동자에 핏줄이 서고, 목의 경동맥이 올라왔다.

멈추지 않는 악귀. 레이먼드는 그 비명을 질렀다.

"그만!"

캉!

경쾌한 소리와 함께 갑옷이 부서지기 시작했다. 레이먼드는 언월도를 드는 것조차 잊고 양팔로 겨우겨우 막았다. 가슴 부분을 막는 흉갑과 복부를 막아주는 부분이 박살 났고, 상대적으로 약한 목 부분과 투구 또한 부분, 부분 깨져 사라졌다.

"흐아아압!"

드디어 팔 부분의 갑옷까지 박살이 났다. 레이먼드는 본능적으로 거울 방패를 시전해 혼의 검을 막았다.

"크윽."

혼은 반사된 공격에 살짝 뒤로 밀려났다.

드디어 멈춘 공격. 하지만 이 공격을 멈추기까지 레이먼드가 입은 피해는 엄청났다. 홍왕장갑은 이미 장갑이라고 부르기 힘들 정도로 너덜너덜해졌다. 홍왕장갑의 모습처럼 레이먼드의 전의조차 가루가 되어버렸다.

"거추장스러운 것이 거의 사라졌구나."

혼이 미소를 지으며 다시 자세를 잡았다.

악귀다.

미궁에서 수많은 사람을 죽여본 레이먼드지만 혼과 그는 태생적으로 달랐다. 지구에서 비교적 평범하게 살았던 레이먼드와는 달리 혼은 전장을 홀로 돌파해오며 패배란 곧 죽음이라는 것을 몸으로 익혀온 사람이었다.

단 한 번도 패배해 본 적이 없는 인간. 그러나 패배라는 굴욕을 그 누구보다도 잘 아는 인간.

그것이 혼이었다.

혼은 사색이 되어 있는 레이먼드의 앞으로 한 걸음을 내디뎠다.

"2라운드 종을 울리지."

"으, 으, 으아악!"

레이먼드가 괴성을 질렀다. 혼은 그가 달려들 것을 예상해 방어자세를 잡았다. 하지만 혼이 본 것은 정신없이 도망치는 레이먼드의 뒷모습이었다.

"이야, 빠르네."

혼은 도망치는 레이먼드를 가만히 서서 지켜보다 그가 시야에서 사라지자 털썩 주저앉았다.

추격할 수 있는 상황이 아니었다. 이미 옆구리에서 시작된 독은 어깨와 골반을 마비시키고 있었다.

"이제 천화를 구하러……."

그렇게 말하며 일어나던 혼은 옆으로 풀썩 쓰러졌다. 그리고 몇 분 뒤, 나무 사이에서 천화의 외침소리가 들렸다.

"저기! 하양아!"

천화의 목소리에 안심된 혼은 그렇게 잠시 정신을 놓았다.

◈

밀림에 있는 동굴. 원래 천화가 숨으려고 했던 그곳이었다.

혼이 돌아오지 않는 것을 이상하게 여긴 천화는 다테에게 동굴의 위치를 알려준 뒤 하양이에게 혼을 추적하라 명했다. 혼의 냄새를 완벽하게 기억하고 있던 하양이는 한 치의 망설임도 없이 달렸다.

불행 중 다행이었다. 혼이 살아있는 상태에서 도착할 수 있었고, 그를 구할 수 있었다.

"이게 뭐야?"

천화는 혼의 옷을 벗기고 상처를 확인했다. 그리고 옆구리에서부터 어깨까지 썩어버린 혼의 몸을 보고는 손을 멈췄다.

천화는 고개를 들어 하양이를 쳐다봤다. 하양이는 가만히 상처를 쳐다보고 있을 뿐 미동조차 없었다.

"이게…… 뭐야?"

의미 없는 질문을 되풀이했다. 도대체 왜 이 지경이 될 때까지 자신에게 상처를 숨겼을까. 실망감? 분노? 그런 감정들이 아니었다.

천화에게 있어 동료란, 더 크게 보아 가족이란 이제 혼과 다테 뿐이었다. 안전지대의 사람들이 전멸하고 새로 만든 유일한 보금자리였다. 적어도 천화에게 혼은 자신과 동급의, 혹은 더 소중한 사람이었다.

그런 사람이 홀로 고통을 인내하고 있다는 것도 알아차리지 못한 본인에 대한 실망감이 너무나도 컸다.

천화는 흘러내리는 눈물을 억지로 막았다. 울 자격도 없다. 지금은 이 원인 모를 상처를 어떻게 치료할지 생각해내야 했다.

그때 혼이 슬쩍 눈을 떴다. 그는 상의가 벗겨져 있는 것을 보더니 무덤덤하게 말했다.

"이상한 짓 안 했지?"

"이건 뭐예요?"

혼은 일어나 앉더니 머리를 긁적였다. 농담이 통하지 않는 상황임은 이미 알고 있었다. 잠시라도 정신을 잃었던 자신의 실책이다.

"탔어. 왜 저번에 태양이 좋을 때……."

"똑바로 말 안 할 거예요?"

천화의 입술이 부들부들 떨리고 있었다. 화를 억지로 참고 있는 것이다. 혼은 한숨을 내쉬었다.

"신경 쓰지 마. 네 일 아니야."

"내 일이 아니라고요? 그럼 뭐가 내 일인데요? 길이나 찾고, 수호설이나 쓰고!"

의도하지 않게 큰소리가 나왔다. 천화는 씩씩거리며 혼을 노려봤다. 자신이 왜 이렇게 화를 내는 것인지조차 그녀는 제대로 알 수 없었다. 그 화의 대상이 혼인지, 아니면 자기 자신인지도 모르겠다. 그냥, 혼이 아프다는 것에 화가 났다.

"그럼 어쩔 건데? 네가 알아서 어떻게 할 거야. 내가 알아본 이 상처의 치유법은 푸른 혈석. 그거 하나야. 자 어쩔 거야?"

혼은 차분하게 말했다. 천화는 잠시 멍하니 혼을 보다

가 하양이에게로 시선을 돌렸다.

혼의 말은 간단하게 말해 이것이다.

날 살리려면 하양이를 죽이고, 하양이를 살리고 싶으면 나를 죽여라.

혼은 천화가 둘 중 그 어떤 것도 선택하지 못할 것을 알고 있었다. 그래서 마지막의 마지막까지 다른 방법을 찾으려 했다. 그 시간도 얼마 남지 않은 것 같지만.

"봐봐, 넌 할 수 있는 게 없잖아. 괜히 머리만 복잡하겠지."

혼은 힘겹게 자리에서 일어났다.

"뭐 죽기 전에는 먹을 거야. 하양이가 도망만 치지 않는다면 말이야. 그러니까 너는 상관하지 마. 그 어떤 것도 책임지지 마."

천화에게 해줄 수 있는 혼의 배려였다. 천화는 그런 그의 뒷모습을 보다가 수호설을 잡고 일어났다. 그리고는 터벅터벅 하양이에게로 걸어갔다.

"뭐하냐?"

천화는 하양이 앞에 우두커니 서서 수호설을 잡은 손에 힘을 넣었다. 손이 떨리는 것이 한눈에 보였다. 하양이는 그런 천화를 마치 알아서 하라는 듯 식빵자세로 앉아 쳐다볼 뿐이었다.

천화는 무릎을 꿇고 하양이의 앞에 앉았다.

"하양아. 미안해. 정말 미안해."

천화는 억지로 울음을 침았다. 하앙이는 부표정하게 천화를 쳐다볼 뿐이었다. 천화는 한참을 고개 숙이고 있다가 고개를 들며 중얼거렸다.

"이제 이 사람 없이 못살 거 같아."

천화는 수호설을 높게 들었다.

그러나 거기까지였다. 공중에 우뚝 선 팔은 내려올 줄을 몰랐다. 그렇게 다짐을 했지만 천화는 차마 하양이를 찌를 수 없었다.

혼이 하양이를 죽이는 것은 예견된 일이다. 천화는 혼에게만 상처를 주고 나 몰라라 할 수 없다고 생각했다. 적어도 지금까지 자신을 위해 희생한 혼에게 동료를 자기 손으로 죽이라 할 수는 없었다.

상처는 나누어야 한다. 천화는 혼을 위해서 하양이를 직접 죽이려고 했다.

그러나 욕심이 그녀의 앞을 막는다. 혼을 살리고 싶다는 욕심과, 하양이도 살리고 싶다는 욕심이 그녀를 옭아맸다.

"그만해."

혼이 천화의 팔을 잡았다.

"마음은 알겠는데. 네가 그런 게 가능한 애였다면 데리고 다니지도 않았어."

혼은 미소와 함께 천화에게 말했다.

"고맙다."

"후."

하양이의 한숨 소리가 들렸다. 천화는 눈물범벅이 되어 고개를 들었다. 하양이는 그런 천화를 흘깃 보더니 일어나 혼에게로 걸어갔다.

그리고 어두운 동굴을 전부 밝힐 정도로 밝은 빛이 하양이의 몸에서 뿜어져 나왔다.

강렬한 빛에 혼은 눈을 감았다가 떴다. 온 세상이 하얀색으로 가득한 것만 같았다. 완벽한 백지의 세계에서 혼은 자신 앞에 서 있는 한 청년을 바라봤다.

청색 머리칼에 두 다리는 짐승의 것과 같았고, 위로는 인간의 몸이었다. 남자는 인상을 쓰고 혼을 노려보고 있었다.

"하아."

남자는 혼과 눈이 마주치자 한숨을 쉬었다.

"하양이냐?"

"그럼 누구겠냐?"

혼은 피식 웃었다. 이 이상한 세계로 오기 직전의 상황으로 미루어 보아 남자의 정체는 하양이일 가능성이 가장 컸다. 예상은 하고 있었으나 정말로 하양이가 인간의 모습을 하고 있다고 생각하니 어이가 없어졌다.

"뭐야, 그럼 그게 진짜 모습인 거냐?"

"언젠가는 이 모습으로 돌아다닐 수 있었지. 이 사단만 안 났다면."

"그게 무슨 소리지."

"네 옆구리. 그거 일반적으로는 절대 못 치료해. 베이자마자 살을 도려내서 독이 퍼지는 걸 막았어야 하지. 지금은 전신이 중독되었다고 봐도 돼. 당장 효과는 골반과 어깨뿐이지만."

"그렇군."

혼은 신에게 당했던 상처에서 비롯된 것이라는 것을 이미 알고 있었다. 한마디로 초기대응이 잘못된 것이다. 하양이는 한숨을 쉬었다.

"자, 그럼 이제 선택권이 3개가 있지. 하나는 망할 네 놈이 여기서 죽게 놔두는 것. 또 하나는 내 배를 갈라 푸른 혈석을 주는 것. 그리고 마지막 하나가 중요한데 말이야."

하양이는 잠시 망설였다.

"마지막 하나라면?"

"내가 너의 수호령이 되는 거."

"호오, 그럼 되겠네. 뭔지는 모르겠지만, 손해는 보지 않는 거 같으니."

"내가 존나게 손해지!"

하양이가 버럭 소리를 질렀다.

"원래라면 다 성장을 한 뒤, 천화 앞에 이 모습으로 나타나서, 내가 너의 수호령이 되어줄게. 이렇게 말하려고 했단 말이야!"

혼은 잠시 머리를 긁적였다.

"근데 너 남자면서 그렇게 가슴에 파고 들던 거냐?"

머리를 쥐어 잡고 있던 하양이는 슬쩍 고개를 들어 혼을 쳐다봤다.

"특권이지. 귀엽게 생긴 자의 특권. 여자들은 그런 거 좋아하지 않아? 왜 세실도 나 좋아하더만."

"네가 그런 흑심을 가진 놈이라는 것을 알면 별로 안 좋아할 거다."

"어쨌든, 방법이 이거밖에 없다고. 그냥 죽게 놔두고 싶지만 그랬다가는 천화가 자살이라도 할 기세니까."

"아, 전적이 있긴 하지. 진짜로 자살하려고 하더라. 걔."

혼이 사악하게 웃었다.

"아오, 밉상. 처음부터 날 죽일 생각밖에 없던 놈을 도와줘야 한다니."

"그렇게 싫어하지 마. 결국, 네가 그렇게 좋아하는 천화도 내가 구해준 거고. 또 그런 천화가 나를 더 좋아하잖아."

"하, 저런 놈이 주인이 된다니."

"그나저나 계약이라는 걸 해보자고. 그래서 나의 수호령이 되는 건가? 그럼 뭐가 좋은 거지?"

"미궁의 지배자라 할 수 있는 오대령(五大靈) 그중 하나가 백령이다. 푸른 혈석의 백령. 생명을 관장하지."

"그런 것치고는 너무 약한 거 아니야."

"완전체가 되지 못했을 경우에는 약하지. 그보다 말 끊지 마."

혼은 어깨를 으쓱하며 하양이의 말을 기다렸다.

"나를 너의 수호령으로 받아들이면 너의 내면이 생명을 얻게 된다."

내면이 생명을 얻는다? 혼은 하양이의 말을 완벽하게 이해할 수 없었다.

"아! 천화와 계약하면 분명 천사가 태어났을 텐데. 세상 모든 것들을 감싸 안는 그런 천사가!"

"뭐 해보면 알겠지. 계약은 어떻게 해?"

"키스하면 된다. 그래서 너랑은 하기 싫다고 했던 거야."

하양이가 정색을 하며 말했다. 혼은 그 말을 듣자마자 망설임 없이 하양이의 앞으로 다가갔다. 하양이가 화들짝 놀라 한걸음 뒷걸음질 치는 순간 혼이 하양이의 입술을 덮쳤다.

"이런 씨……!"

"크헉!"

혼의 눈이 번쩍 떠졌다.

그곳은 껌껌한 동굴 속이었다. 천화는 걱정스럽게 혼을 내려다보고 있었다.

"혼씨, 괜찮아요?"

"아, 뭐 괜찮아진 거 같은데."

혼은 어깨를 돌려보며 일어났다. 마비 증상이 사라졌다. 옆구리는 언제 그랬냐는 듯이 깨끗해졌고, 몸도 날아갈 듯이 가벼웠다.

"근데 하양이는?"

"저, 그게……."

하양이는 천화의 등을 타고 그녀의 어깨로 힘겹게 올라왔다. 하양이는 다시 유년기로 퇴화해 처음 만났을 때의 그 모습으로 돌아가 있었다. 하양이는 혼을 보자마자 부르르 몸을 떨더니 몸을 돌렸다

"다시 작아졌네."

"그렇게 됐어요."

"하아, 하아, 여기 있었구나!"

다테의 목소리에 혼과 천화가 동시에 고개를 돌려 동굴의 입구를 쳐다봤다. 옷이 다 찢어져 너덜너덜해진 다테가 엉거주춤하게 서 있었다.

혼은 곧바로 창고에서 여분의 옷을 꺼내 입고는 동굴 밖으로 나갔다.

"아무 일도 아니다. 자, 그럼 다 모였으니까 가자고. 라스트 필드로. 복수하러."

혼이 벌떡 일어나 앞으로 걸어나가자 천화가 다행이라는 듯이 미소를 지었다. 혼이 팔팔해진 것은 좋은 일이었지만, 굳이 이렇게 빨리 가야 하는 것인가. 다테는 겨우겨우 괴수들에게서 벗어나 이제 막 쉬려는 참이었다.

"야, 좀 쉬었다 가자."

"두고 간다."

천화가 미소와 함께 다테의 옆에 섰다.

"빨리 가죠."

"너마저 그러기냐;. 그리고 이건 왜 또 작아졌어?"

다테가 한숨을 쉬며 고개를 절래 흔들었다. 그는 미소와 함께 혼의 뒤로 종종 뛰어가는 천화를 바라봤다.

그 순간 혼의 등 뒤로 검은 기운이 올라왔다. 마치 검은 악마의 현상을 한 그것의 손에는 낫과 책이 들려 있다.

다테는 피곤해서 헛것이 보이나 고개를 절래 흔들어보았다. 그러자 거짓말처럼 혼의 뒤에 서 있던 검은 형태의 무언가가 사라졌다.

"방금 그건 대체……."

◈

라스트 필드.

자정이 넘었는지도 약 3시간이 지났다. 세실은 밖으로 나와 출구를 바라보고 있었다. 아직 혼이 돌아오지 않았기 때문에 편하게 발을 뻗고 잘 수가 없었다. 그 옆을 쑨 하이가 마치 경호원 마냥 서 있었다.

“이만 들어가도 되지 않을까요?”

“조금만 더 있다가 들어갈게요.”

세실은 저 멀리서 자리를 지키고 있는 제노사이드를 쳐다봤다. 저들도 저렇게 혼을 기다리고 있는데 같은 일행으로서 먼저 들어갈 수는 없었다.

“어, 돌아왔다.”

쑨 하이가 출구 쪽을 가리켰다. 수색을 나갔던 더 레즈가 돌아온 모습이 보였다. 제노사이드와 세실은 거의 동시에 일어나 출구 쪽으로 뛰어갔다.

“호, 혼은?”

세실은 가장 먼저 혼을 찾았다. 그러나 돌아온 수색대에서 혼의 모습을 찾을 수 없었다. 아니, 천화나 다테, 그리고 하양이 마저 없다.

“저, 저기 메이즈 헌터 길드는?”

세실은 레이먼드에게 물었다. 레이먼드는 씁쓸한 표정

을 지으며 고개를 절래 흔들었다.

"중간에 괴수의 습격을 받아 길이 엇갈렸다. 살아있다면 돌아오겠지."

"여~ 이제 왔구만."

루시오가 손을 번쩍 들며 레이먼드에게로 다가갔다. 그는 세실의 어깨를 잡아 쑨 하이에게로 던지듯 밀어버린 다음 말을 이어갔다.

"어땠어? 수색은?"

"성과는 없었다. 매서커도 찾을 수 없었으니까."

"건즈는?"

"유감스럽게도 전멸했다."

루시오는 그럴 줄 알았다는 듯이 고개를 끄덕였다. 그리고는 쑨 하이를 쳐다보며 말했다.

"그 여자 데리고 가. 너희가 기다리는 혼은 오늘 안 올 거 같다."

"안 오다니? 그게 무슨 소리야?"

"저 형씨가 버리고 왔거든. 메이즈 헌터를 말이야."

레이먼드는 루시오의 말에 살짝 미간을 찌푸렸다. 찔리는 부분은 있었으나 틀린 말도 아니었다. 어쨌든 버리고 온 것은 사실이었으니까.

"미안하군. 어쩔 수 없었다."

레이먼드는 크게 반응하지 않고 최대한 오늘을 넘길 생

각이었다. 루시오가 무슨 생각으로 도발하는지는 모르겠으나 이 남자의 페이스에 말려들어 갈 생각은 없었다.

"그래서, 혼은 잡았나? 거기까지는 못 봐서 말이야."

레이먼드가 능구렁이처럼 빠져나가자 루시오가 직구를 던졌다. 레이먼드는 움찔하더니 루시오를 돌아보았다. 루시오는 손가락을 튕겼다.

"실패했지? 실패했어. 그렇지. 너 같은 놈한테 죽을 놈이 아니지. 엘리아가 찍은 놈이니까."

"무슨 소리를 하는지 잘……."

레이먼드는 뒤쪽에서 느껴지는 살기에 몸을 움직였다. 원래 레이먼드가 서 있던 자리로 대검이 떨어졌다.

더 레즈의 길드원 중 하나. 단발머리의 여자였다. 그녀는 수색대가 출발하기 전 루시오가 머리를 쓰다듬었던 바로 그 여자였다.

"무슨……."

여자는 레이먼드가 상황을 파악할 시간조차 주지 않았다. 여자는 대검을 다시 한 번 크게 휘둘렀다. 레이먼드는 망설임 없이 창을 소환해 여자의 목을 베었다.

"이런. 죽었네."

루시오가 아쉽다는 듯이 떨어진 여자의 목을 보았다. 데굴데굴 굴러온 여자의 목 뒤에는 작은 침이 하나 박혀 있었다.

그것은 루시오의 무기 능력. 꼭두각시 침이었다. 상대를 조종하는 능력은 물론이고 침이 꽂힌 대상이 보고 듣는 것까지 실시간으로 전해 받을 수 있는 능력이었다.

혼과 마찬가지로 더 레즈가 수상했던 루시오는 수색을 나가기 전에 꼭두각시 침을 더 레즈 길드원 중 하나에 꽂아놓은 것이다. 덕분에 미궁 안에서 어떤 일이 있었는지 전부 알 수 있었다.

"같은 편을 그렇게 막 죽이면 어떡해? 무섭네. 길드장이라는 놈이 말이야."

"루시오! 나 언제 싸워?"

엘리아가 뒤에서 못 참겠다는 듯이 방방 뛰었다. 루시오는 엘리아의 앞을 손으로 막은 뒤 말을 이어갔다.

"목적은 아마 라스트 필드의 길드를 전부 처치하는 것이겠지. 그러기 위해서는 최고 전력인 메이즈 헌터, 건즈, 그리고 우리 제노사이드를 미리 처리해야 했을 거야. 그러기 위해서는 서로를 떨어트릴 필요가 있었겠지. 그래서 내가 궁금한 건 말이야. 왜? 왜 싸워야 하지? 라스트 필드는 잘 돌아가고 있었잖아. 위험도는 좀 있었지만."

라스트 필드는 가장 합리적으로 돌아가던 안전지대다. 제노사이드, 더 레즈, 메이즈 헌터가 있는 이곳은 난공불

락이라 불러도 손색이 없었고, 조금의 불편함만 빼면 마음 편하게 사냥을 할 수 있는 곳이기도 했다.

그런데 왜 굳이 더 레즈는 움직였을까.

"그건 네놈이 알 필요 없다."

모든 것을 들킨 이상 더는 연기를 할 필요가 사라졌다. 레이먼드는 달의 위치를 힐끗 보더니 말했다.

"6시간이 지난 거 같군."

레이먼드는 굳은 표정으로 외쳤다.

"원, 홍왕장갑."

붉은 갑옷이 레이먼드를 감싸고, 거대한 언월도가 하늘에서 떨어졌다. 루시오는 바로 뒤로 빠지며 엘리아를 앞으로 밀었다. 옆에 서 있던 헥터도 자기 일이 아니라며 뒤로 빠질 뿐이었다.

엘리아는 호기심 가득한 아이처럼 안광을 밝히며 주먹을 풀었다.

"이야~ 멋있다! 갑옷 짱 멋있어! 루시오! 나도 저거 사줘."

"점수는 네가 제일 많아. 알아서 사."

"쳇! 그깟 거 좀 사주면 어디가 덧나나."

레이먼드는 완벽하게 무시당하고 있었다. 갑옷이 멋있다던가 하는 소리는 나왔지만 엘리아는 전혀 긴장한 것처럼 보이지 않았다.

원을 발동한 레이먼드를 앞에 두고도 그녀는 전혀 흔들림이 없었다. 마치 놀이공원에 놀러 온 아이처럼 상기된 모습뿐이다.

"이 버러지 같은 것들이……!"

레이먼드는 이를 악물었다. 트라이 마스터로서 이처럼 무시를 당한 적이 있던가. 혼에게 사실상 패배를 당한 레이먼드는 엘리아의 행동에 이성을 잃어버렸다.

"어이, 멋쟁이 갑옷. 덤벼."

엘리아가 손을 까닥거렸다. 레이먼드는 사악하게 웃으며 앞으로 한 걸음 내디뎠다.

"좋다. 그 작은 팔다리를 갈가리 찢어주마."

"아! 그전에."

엘리아는 손을 앞으로 쭉 내밀었다.

"내 원도 보여줄게. 원(元) Significant Impulse(거대충격)"

갑작스러운 엘리아의 원 발동에 루시오가 소리쳤다.

"숨어!"

루시오의 다급한 외침과 함께 쑨 하이가 땅을 들어 올린 뒤 멍하니 서 있는 세실을 끌어안았다. 그의 무기 능력 대지 방패가 활성화되고 루시오와 헥터가 재빨리 그 뒤로 숨었다. 그와 동시에 거대충격의 빛이 어둠을 몰아냈다.

쿠오오오오!

대지 방패가 심하게 흔들렸다. 방어력이라면 다른 능력에 뒤지지 않는다고 자부했던 쑨 하이의 능력이 거대충격 뒤에 있음에도 무너지려 하고 있었다.

"크윽."

"버텨!"

거대충격의 소음에 루시오의 말은 들리지 않았다. 이윽고 거대충격의 여파가 사라지고 네 사람은 너덜너덜해진 대지 방패 밖으로 나왔다.

"이야~ 버텼어. 버텼어. 루시오, 저거 봐. 버텼어."

"저게 버틴 걸로 보이냐?"

방방 뛰는 엘리아에게 루시오가 한숨을 쉬며 말했다.

거대충격으로 인한 피해는 엄청났다. 초원은 마치 용암이 흘러내린 듯 불타 온통 검은색으로 변했고, 벽을 제외한 그 모든 것이 증발했다.

단 한 사람, 레이먼드만이 다 찢긴 갑옷을 입고 서 있을 뿐이었다. 언월도는 그가 잡고 있는 부분을 제외하고 전부 사라졌고, 겨우 한쪽 눈을 가리고 있을 뿐인 투구와 맨살을 드러낸 사지.

이미 전투는 끝난 것이나 다름없었다.

"재미없어. 한 방에 끝났어!"

"그럼 원을 쓰지 마."

"쟤도 썼는걸. 뭐."

엘리아는 볼을 부풀리며 헥터에게로 걸어갔다.

"나머지는 네가 해. 헥터."

"할 것도 없어 보이는데."

두 다리로 겨우 서 있던 레이먼드가 무릎을 꿇었다.

원과 원의 대결이었다. 파괴만을 위한 거대 충격이 강력하기는 했으나 홍왕장갑의 방어력도 그 어떤 것에 뒤지지 않을 것이라 레이먼드는 생각하고 있었다.

버티면 이긴다. 단발성 원은 한 번 썼을 때 확실한 효과를 보지 못하면 상대에게 주도권을 넘겨주기 마련이다.

그러나 버틸 수 없었다. 홍왕장갑은 이미 사라졌다. 거대 충격 한방에 이미 그로기 상태가 된 것이다.

저벅, 저벅.

모든 것이 사라진 곳에서 한 여자가 걸어왔다. 무릎을 꿇고 좌절하던 레이먼드가 발소리에 반응하며 고개를 돌렸다.

"졌어?"

출구에서 들어온 것은 매서커였다. 능력을 숨기겠다는 생각도 없이 공중에 마름모 형태의 검을 띄우고 마치 장난을 치듯 움직이며 말이다.

레이먼드는 곧바로 자세를 바로잡았다. 그리고 마치 왕을 맞이하듯 한쪽 무릎을 꿇고는 매서커에게 말했다.

"아, 아니다. 다시 싸우려고……."

“진 거 다 봤어. 뭐가 아니야. 이래서 인간이 안 되는 거야. 쯧.”

루시오는 호오~ 감탄하며 매서커를 살폈다. 인간이 안 된다니, 그 말만 들어보면 마치 매서커는 인간이 아니라는 뜻과 같았다. 레이먼드는 식은땀을 흘리며 고개를 숙였다.

“트라이 마스터에 길드장이라 종속으로 삼았더니 빈 깡통이네. 그래서 혼은 죽였어?”

“그, 그게.”

“못 죽였구나? 하아~ 잘하는 게 없네.”

주종관계가 거의 확실해졌다. 레이먼드는 결국 더 레즈의 바지사장이라는 뜻이었다.

“새로운 거 만들어야겠다. 그래, 저기 저 남자.”

매서커는 루시오를 가리켰다.

“원래 부하는 똑똑한 놈으로 하는 거야. 혼으로 하려고 했는데 아쉽네. 다시 안 오겠지? 힝.”

“자, 잠깐……!”

매서커는 레이먼드가 변명하기도 전에 손을 움직였다. 그러자 마치 혼이 빠져나가는 것처럼 레이먼드가 풀썩 쓰러졌다.

“혼의 말대로 인간은 아니었네.”

루시오가 작게 중얼거렸다.

"너 뭐냐?"

"나? 음, 너희 말로 하면 오버로드. 몇 성이게?"

"3성 이상만 아니면 좋겠는데."

"이런, 아쉬워서 어째? 3성이야."

"야단났네."

루시오가 실소를 터트렸다.

3성 오버로드. 거기에 인간형.

1성 오버로드는 강력하지만, 점수를 많이 벌 수 있기 때문에 반대편의 미로에서는 환영하는 적이었다. 2성 또한 마찬가지였다. 2성 중에 약한 오버로드는 만나는 것 자체가 행운이라고 부를 정도였다.

그러나 3성부터는 말이 달라진다. 1성과 2성이 고독한 왕이라면 3성부터는 말 그대로 한 지역의 군주였다.

괴수들을 조종하고 인간들을 습격한다. 인간형 오버로드나 괴인들은 하나같이 인간을 증오하고 싫어하는 경향이 있었기 때문에 지능이 있더라도 대화조차 통하지 않았다.

매서커의 목적도 그것이었다. 라스트 필드에 오는 길드를 한 번에 일망타진하는 것. 제노사이드와 메이즈 헌터 같은 강한 길드들이 연달아 들어오는 바람에 계획을 바꿀 수밖에 없었지만 어차피 결과는 이미 예견되어 있던 것이다.

"이야! 3성 오버로드!"

심각한 표정의 루시오와는 달리 엘리아가 신이 나 외쳤다.

3성 오버로드와 싸울 기회는 거의 없다. 아니, 없는 편이 더 낫다고 루시오는 생각했다. 겨울 지역에서 드래곤을 만났을 때는 부리나케 도망치지 않았던가. 물론 엘리아는 거기다가 대고 박격포도 쏘고 원도 사용했지만.

"싸워도 되지?"

"이겨야 한다."

루시오가 식은땀을 흘리며 말했다. 원이라도 있으면 또 모를까, 이미 엘리아의 원은 레이먼드에게 사용한 뒤였다.

"어쩔 수 없지. 헥터. 도와."

"안 그래도 그러려고 했어. 3분이지?"

"그래, 3분이다. 원(元) Mental Corruption(정신붕괴)"

루시오의 원이 발동되고, 사방으로 검은 선이 퍼져나가기 시작했다. 그와 동시에 엘리아와 헥터가 매서커에게 달려들었다.

-광기-

엘리아가 주사기를 하나 꺼내 들더니 자신의 목 경동맥에 꽂아넣었다.

엘리아의 무기 능력, 쉽게 말해 도핑이었다. 순간적으로 신체능력을 몇 배나 뻥튀기시키는 능력.

"헥터는 빠져!"

엘리아는 창고에서 자신의 주 무기 건 블레이드를 꺼냈다. 일반적인 검처럼 생겼으나 손잡이 부분이 총으로 되어 있는 무기였다. 일반무기였지만 혈석으로 강화해 그 강도는 여타 군주기와 다를 것이 없었다.

펑!

매서커가 들고 있던 검과 엘리아의 건 블레이드가 격돌했다.

광기의 지속시간은 1분.

눈으로 따라가기 힘들 정도의 전투가 시작되었다. 4개의 마름모형 검들이 사방에서 엘리아를 요격했지만 엘리아는 마치 혼자 빨리 감기를 한 듯 전부 막아내고 있었다.

"흐아아아아아!"

현실의 공간이 뒤틀리는 것만 같이 보였다. 기괴하기 짝이 없는 속도로 엘리아는 매서커를 압박해나갔다.

그 광경을 보는 세실과 쑨 하이는 눈을 깜빡이는 것조차 잊고 그 광경을 쳐다봤다.

엘리아의 모습을 보던 헥터의 팔에 소름이 돋았다. 하나 그것은 엘리아 때문이 아니었다.

'광기의 엘리아가 막혀?'

분명히 엘리아가 밀어붙이는 그림이었다. 하지만 매서커의 본체까지 다가가지 못하고 있다. 시간을 벌라고 루시오가 말했지만 엘리아는 아마 자신의 힘으로 매서커를 죽이고 싶을 것이다.

"지저스, 망했네."

타임 업. 1분이 지났다. 엘리아는 뒤로 물러나 참아왔던 숨을 토해냈다.

"캬~ 3성 강해! 겁나 강해!"

헥터가 달려들어 감탄하고 있는 엘리아를 잡아끌었다. 광기가 끝난 엘리아의 몸 상태는 분명 정상이 아닐 것이기 때문이다. 게다가 매서커의 공격은 아직 끝나지 않았다.

헥터는 무기 능력인 요요를 꺼내 들었다.

"2분 남았다. 원(元) Dance Time!"

과거 지구에 있었을 때 B-boy를 했던 헥터가 스탭을 밟기 시작했다. 분위기와는 어울리지 않는 흥겨움에 매서커가 피식 웃었다.

"제노사이드 재밌네?"

4개의 검이 헥터를 공격했다. 사각은 없다. 엘리아처럼 헥터가 가속한 것도 아니었으며, 요요 같은 무기로는 검을 막을 수 없었다.

싱겁게 끝나겠다고 생각한 찰나, 헥터가 일시에 들어오는 4개의 검을 기이한 포즈로 전부 피했다.

"이야~ 그걸 피했니?"

매서커가 감탄을 하며 박수를 쳤다. 한 번 정도는 운으로 피할 수도 있다. 그러나 정신없이 몰아친다면 어떨까? 스탭은 꼬이기 마련이고, 실수는 당연히 나올 것이다.

"이만 죽어라."

매서커는 마치 지휘를 하듯 손을 흔들었다. 4개의 검은 헥터를 갈기갈기 찢어버리기 위해 움직였다.

그러나 모든 공격이 빗나가고 있다. 헥터는 마치 실체가 존재하지 않는 사람처럼 0.1mm 단위로 매서커의 마검을 피하고 있던 것이다.

"난 말이야. 평화주의자거든. 그래서 싸움을 싫어해."

헥터의 안광이 빛났다.

그 순간 헥터가 매서커의 바로 앞까지 다가왔다.

"왜인지 알아? 맞는 게 초 뎀 싫거든."

헥터는 요요를 휘둘러 매서커를 공격했다 매서커는 화들짝 놀라며 공중으로 솟구쳐 올랐다.

헥터의 원. Dance Time.

이름으로는 어떤 능력인지 알 수 없는 그것의 효과는 절대 회피였다. 이론상 피하는 것이 불가능한, 마치 핵폭탄 같은 광역기술이 아닌 이상 그 어떤 공격도 회피하는 궁극적 방어 능력.

"요, 거기서 내려와Yo!"

헥터는 어깨를 들썩이고 손으로 총을 만들어 매서커를 향해 쏘았다.

"뭐, 그럼 어쩔 수 없지."

헥터의 도발은 통하지 않았다. 매서커는 바로 마검들을 루시오에게 겨누었다. 엘리아가 그 앞을 막아섰지만 이미 체력적으로 한계가 온 엘리아 혼자 4개의 마검을 막을 수 있는 능력은 존재하지 않았다.

"뭘 준비하는 거 같은데. 그럼 저걸 먼저 제거하면 되지."

"헤이 맨~ 무시하지 말라고!"

공격능력이 없는 헥터가 방방 뛰어봤자 달라질 것은 없다. 4개의 마검은 정신을 집중하고 있는 루시오에게 날아갔다. 엘리아가 하나는 막아섰지만, 나머지 3개의 마검을 어떻게 할 도리가 없다.

탁탁탁!

세 개의 붉은 섬광이 날아와 마검에 하나씩 꽂혔다. 폭발음에 잠에서 깬 샤오 하이가 쏜 화살이었다. 이미 사방에는 잠에서 깬 길드의 사람들이 저마다 자리를 잡고 상황을 엿보고 있었다.

"아쉽게 됐네."

마검이 주춤하는 사이 루시오가 눈을 뜨며 말했다. 그의 발밑에는 거대한 마법진이 그려져 있었다.

"타임 오버다. 오버로드. Mental Corruption(정신붕괴)."

마법진에서 검은 기운이 모이더니 곧장 매서커에게로 날아갔다. 여유롭게 공중에 떠 있던 매서커는 황급히 마검들을 불러모아 방어를 했지만 검은 기운은 모든 것을 무시하고 매서커에게 직격했다.

"꺄아악!"

매서커가 머리를 부여잡으며 비명을 질렀다.

정신붕괴.

말 그대로 살아있는 생명체의 정신을 파괴해버리는 기술이었다. 락 온 된 상대에게 무조건 적중하는 데다가 방어를 할 수단은 전혀 없는 대인 전용 원. 3분이라는 긴 시간 동안 준비를 해야 하지만 발동이 되는 순간 적은 무조건 죽는 기술이었다.

그것이 설사 3성급 오버로드든 트라이 마스터든 말이다.

"끼야아아아악!"

귀가 찢어질 듯한 고음이 라스트 필드를 울렸다. 모두가 귀를 막고 매서커의 동향을 살폈다.

이윽고 매서커가 축 늘어지더니 초록색 마검에 금이 갔다.

파직.

초록색 마검이 부서졌다. 루시오는 속으로 쾌재를 불렀다. 이제 저 몸 어딘가에 있는 검은 혈석만 박살이 나면…….

"크헉."

갑작스러운 통증이 가슴에 느껴졌다. 붉은 마검이 어느새 루시오의 뒤를 잡아 그의 가슴을 뚫은 것이다.

"정신이……, 살아 있어?"

루시오는 재빨리 검에서 벗어났다. 다행히 신체능력 초재생 덕분에 상처가 수복되고 있었다. 그러나 천화만큼 효과가 빠르지는 않았다.

루시오는 공중에 떠 있는 매서커를 쳐다봤다. 아직 머리를 부여잡고 있던 그녀는 슬쩍 고개를 들더니 주변을 돌아봤다.

"뭐야, 기대했어? 꺄하하하, 왜 그렇게 쳐다봐?"

매서커는 머리를 털며 부서진 초록색 마검을 쳐다봤다.

"아쉽네. 부서질 정도라니. 잘못했으면 죽을 뻔했어."

방어의 역할을 맡고 있는 초록색 마검은 단 한 번, 매서커를 죽음의 위기에서 구해줄 수 있다.

바로 공격의 대상을 자신으로 바꾸면서.

루시오의 일격은 마검의 영혼을 거두어갔다. 하지만 결국 죽은 것은 마검일 뿐, 매서커가 아니다. 매서커는 붉은 마검을 불러들였다.

"이제는 원이 없겠네. 그럼. 다 죽어."

메서기가 손가락을 돌리자 붉은 마검이 회전하기 시작했다. 수천 개의 작은 파편으로 분해가 된 붉은 마검은 마치 비처럼 사방에 쏟아졌다. 멀리서 구경하고 있던 다른 길드들도 한 번에 죽일 생각이었다.

"피해!"

잔뼈가 굵은 길드의 대장들이 외쳤다. 하지만 붉은 비는 사정을 봐주지 않고 사람들의 머리와 심장을 꿰뚫었다.

"숨어!"

쑨 하이가 양손으로 땅을 쳤다. 그러자 땅이 올라오며 쑨 하이와 세실을 감쌌다. 샤오 하이는 있는 힘껏 달려와 겨우겨우 그 안으로 들어갔고, 루시오는 엘리아를 쑨 하이가 만든 돔 안으로 던져 넣었다.

"루시오!"

"아, 씨. 이거 어쩌지?"

헥터는 상관이 없다. 아직 Dance Time은 끝나지 않았을 테니까.

루시오는 조용히 눈을 감았다. 초재생이라고 하더라도 가차 없이 몸을 분쇄시키는 저 공격에서 살아남을 방법은 없다.

"너 빚진 거다. 기억해둬. 이자까지 받을 거니까."

사방을 가득 채운 비명이 사라질 때 즈음, 루시오가 눈을 떴다. 푸른 보호막이 그를 지키고 있었고 앞에는 머리를 부여잡은 천화가 보였다.

"난리 났네."

지옥이 따로 없다.

혼은 주위를 둘러보았다. 대부분의 사람들은 죽었거나, 혹은 불구가 되었거나 둘 중 하나였다.

"여, 이제 왔나? 늦었네."

루시오가 최대한 태연한 척 손을 흔들었다. 최악의 상황에서 유일한 희망이 나타난 것이었다. 엘리아 혼자서는 다시 광기를 쓰고 덤빈다 하더라도 매서커를 이길 수 없다는 것이 냉정한 판단이었다.

게다가 다른 길드마저 전멸. 남은 전력이라고는 엘리아뿐인 상황에서 혼이라는 강력한 지원군이 도착했다.

"어머, 와줬구나? 난 그냥 도망칠 줄 알았는데. 정말 너무 고마운 거 있지."

"그래서, 저게 뭐냐. 루시오."

"3성급 오버로드라고 하더라. 지입으로."

"맞아. 어때? 이 지역의 군주를 만난 느낌은?"

매서커가 매력을 뽐내듯 짧은 머리를 튕기며 말했다. 정확히 3성급 오버로드가 얼마나 강한지, 또 어떤 능력을 가지고 있는지 혼은 알지 못했다. 그러나 엘리아가 이길 수 없었던 상대라는 것을 알고 있는 이상 방심은 할 수 없다.

매서커는 혼을 사랑스럽게 쳐다보고 있었다. 그녀가 가질 수 있는 종속은 한 명이있다. 그전까지는 그나마 그녀가 만났었던 인간 중 가장 강력했던 레이먼드를 종속으로 삼아 더 레즈를 지배하고 있었지만 레이먼드는 재미가 없는 인간이었다.

처음부터 완벽한 복종에, 생각도 단순해 읽기 쉬웠으면 무엇보다 여자를 즐겁게 할 줄을 모르는 남자였다.

혼이라면 완벽하다.

듀얼 마스터임에도 트라이 마스터와 맞먹는 강력함. 모든 상황을 예측하고 또 파헤쳐 나가는 지혜. 그리고 그 어떤 속임수도 간파해내는 눈치까지.

종속으로서 혼만큼 잠재력이 높은 사람이 어디 있을까. 게다가 미남이었으니 더 할 말이 없다.

"혼! 내 종속이 되라!"

혼과의 핑크빛 미래를 상상하던 매서커가 흥분해서 말했다. 천화가 어이가 없다는 듯이 매서커를 노려보고 있었고, 쑨 하이의 대지 벙커에서 튀어나온 세실과 엘리아도 매서커의 말에 황당한 표정을 지었다.

"종속이라면?"

"말 그대로 내 것이 되는 거야. 어때?"

"그것참 매력적인 제안이네. 그런데 나는 종속이 되기보다는 위에 서고 싶어 하는 성격이라 말이야."

"그럼 어쩔 수 없지. 힘으로 하는 수밖에."

마검은 두 개가 남았다. 푸른색의 검과 검은색의 검이 동시에 혼에게 달려들었고, 매서커 또한 마치 맹수처럼 혼에게 공격을 가했다.

혼은 과감하게 두 마검을 무시하고 매서커와 맞붙었다. 그 배경에는 천화의 수호설이 있었다. 두 마검이 보호막을 부수기 위해 열심히 움직였지만 천화는 정신을 집중해 보호막을 유지해냈다.

신속과 전투악귀.

하양이와 계약이 되면서 되살아난 혼은 전보가 더욱 빠르고, 날카롭게 매서커를 공략해나가고 있었다. 매서커 또한 엘리아와 호각, 아니 그 이상으로 붙었었던 만큼 견고하게 혼의 공격을 막아내고 있었다.

"우와! 저거 봐! 루시오. 쩐다."

엘리아가 호들갑을 떨며 루시오에게로 다가왔다. 루시오는 다리가 풀렸는지 바닥에 주저앉아 전투를 보고 있었다.

"귀 떨어지겠다. 엘리아."

"역시! 내가 말했잖아. 저 사람 장난 아니었다니까. 처음 만났을 때는 터미네이터라도 된 줄 알았다고. 무슨 막 기계 같았어."

"정확히 본 거 맞네. 저거 봐. 기계잖아. 살인 기계."

루시오가 고개를 절래 흔들었다.

혼이 원을 가지지 않은 시금이 아마 그를 죽이기에 가장 적절한 시기일 것이다. 혼이 매서커를 혹시라도 이기고 점수를 얻어 원을 가지게 된다면, 그리고 언젠가 적이 된다면 그때는 목숨을 걸어야 할지도 모르기 때문이다.

"아이러니하지. 어느 쪽이 이겨도 기쁜 상황은 아니니까."

"뭐, 상관없잖아."

엘리아가 빙긋 웃으며 주사기를 꺼내 들었다. 두 번째, 광기. 엘리아의 몸 상태가 완전히 박살 난 것을 알고 있는 루시오가 고개를 절래 흔들었다.

"엘리아, 너……."

"저런 재밌는 파티에 안 낄 수는 없잖아."

엘리아는 목에다 주사기를 꽂았다. 주사기가 뽑히는 순간 그녀는 매서커를 덮쳤다. 매서커는 빠르게 반응해 엘리아의 일격을 막았지만 저 멀리 날아 가버렸다. 혼은 건 블레이드를 어깨에 얹은 엘리아를 쳐다봤다.

"어이, 내 먹이라고. 껴들지 마."

"무슨 소리 하는 거야? 침 발라 놨거든. 너 오기도 전에. 메롱!"

"이야, 너무 봐줬나?"

매서커는 표정을 굳히고 일어났다. 그녀는 미소에서는

여유로움이 아닌 광기가 느껴졌다.

"먹이? 꺄하하하하. 그런 말 하면 이 언니, 속상한데."

매서커가 손가락을 튕기자 파란색 마검과 검은색 마검이 매서커의 팔로 날아왔다.

"종속은 나중에 구해야겠네. 아쉽게도 말이야."

마검은 건틀릿처럼 매서커의 팔을 감쌌다. 검은색 바탕의 건틀릿에는 4개의 푸른색 줄무늬가 그어져 있었다.

"이게 뭔지 알아?"

매서커가 미소와 함께 물었다. 대답은 돌아오지 않았지만 그녀는 상관없다는 듯이 말을 이어갔다.

"설마 마검을 다 쓰게 될 줄은 몰랐는데 말이야. 하하하. 그래도 랭킹 1위랑 우리 혼이 있으니까."

매서커는 건틀릿을 앞으로 내밀었다. 그러자 죽었던 모든 워커들에게서 마치 영혼이 빠져나오듯 하얀 연기가 솟아올랐다. 매서커의 건틀릿은 그것을 게걸스럽게 먹어치웠다.

"쳇."

혼은 급히 발을 움직였다. 매서커가 무슨 짓을 벌이고 있는지는 알 수 없었지만 그녀에게 시간을 더 줄 수는 없었다. 적의 기술을 알 수 없을 때는 그 기술조차 쓰지 못하게 속전속결로 싸움을 끝내는 것이 상책이었다.

엘리아도 같은 생각인지 혼보다 앞에 서서 돌격했다.

지속시간이 1분밖에 되지 않는 광기를 썼기 때문에 더 급한 것은 엘리아였다.

"늦었어."

매서커의 건틀릿이 모든 시체의 기운을 먹어치웠다. 매서커는 지금까지와는 완벽하게 다른 속도로 엘리아의 공격을 막아냈다.

"크윽."

엘리아가 뒤로 물러남과 동시에 혼이 매서커에게 공격을 가했다. 매서커는 그런 혼을 가지고 노는 것처럼 유린했다.

"하하하하, 왜 그래? 더 빨리는 못 움직여?"

혼은 매서커의 검과 건틀릿을 막아내기 급급했다.

매서커의 마지막 능력은 흡수였다. 죽은 시체와 괴수들을 흡수해 그들의 능력을 자신의 것으로 만드는 것이다. 비록 영구적인 것은 아니었으나 건틀릿을 끼고 있는 동안에는 끝없이 유지된다.

기본적인 실력 차이가 너무 난다. 혼이 후퇴하고 엘리아가 다시 매서커를 맞섰다.

광기를 쓴 엘리아는 어느 정도 매서커와 호각으로 다투었으나 그것도 이제 10초 남았다. 10초 뒤면 광기의 효과가 끝나고 엘리아는 전력이탈을 한다.

-죽여라.-

혼의 머릿속에 의문의 목소리가 울려 퍼졌다.

–죽여라.–

혼의 등 뒤로 검은 기운이 올라오기 시작했다. 그것은 이윽고 다테가 보았던 사신의 모습이 되었다. 사신은 계속해서 혼의 머릿속에 속삭였다.

–죽여라.–

혼은 마치 뭐에 홀린 것처럼 앞으로 튀어 나갔다. 한참 매서커와 합을 주고받던 엘리아는 광기가 끝남에 따라 뒤로 날아갔다. 혼은 그 틈을 놓치지 않고 매서커를 향해 용의 무구를 휘둘렀다.

"이제 하나 남았구나!"

매서커가 미소와 함께 건틀릿을 내질렀다.

혼의 검과 매서커의 건틀릿이 부딪혔다. 그러자 사신이 검은 연기로 바뀌어 매서커의 건틀릿을 감쌌다.

–죽어라.–

빠직.

매서커의 건틀릿에 균열이 생겼다. 균열은 걷잡을 수 없이 퍼져나가더니 이윽고 건틀릿을 박살 내기 이르렀다.

여유롭던 매서커의 얼굴이 처음으로 바보처럼 변해버렸다.

"어라?"

매서커는 믿기지 않는다는 듯이 중얼거렸다.

건틀릿은 절대 상노를 자랑했다. 그 무엇으로도 부서지지 않는 매서커의 몸 그 자체였다. 게다가 지금까지 흡수한 모든 괴수들과 인간들의 방어력이 이 건틀릿에 고스란히 녹아 있었다.

일개 인간의 힘으로는 무슨 수를 써도 박살 낼 수 없는 것. 그것이 지금 눈앞에서 산산조각이 났다.

"크아아!"

혼은 쉬지 않고 몸을 뒤틀며 매서커의 복부를 배었다.

그녀의 배꼽에 있는 검은 피어싱. 혼은 처음부터 그 부분을 응시하고 있었다. 매서커는 검은 피어싱이 박살 나는 것을 보고는 혼을 향해 미소를 지었다.

"이게 내 혈석이라고 생각했어?"

혼은 거친 숨을 내쉬며 매서커를 노려봤다. 만약에 단순한 피어싱일 뿐이라면? 혈석이 아니었다면? 더는 싸울 수 있는 체력조차 남아있지 않았다.

매서커는 고개를 살짝 옆으로 내리며 말했다.

"정답~. 축하한다."

그 말과 함께 매서커의 몸이 가루가 되어 날아갔다. 혼은 매서커의 죽음을 확인하자마자 뒤로 넘어갔다. 천화는 그런 혼을 향해 달려나갔고, 다테는 가장 먼저 매서커가 사라진 자리로 달렸다.

'역시.'

다테는 매서커의 자리에 떨어진 작은 반지를 잡아챈 뒤 창고에 집어넣었다. 군주기는 먼저 집는 사람이 임자. 그것을 다른 길드에게 빼앗길 수 없었던 혼이 내린 특명이었다.

반지를 주운 다테는 반지 옆에 있던 반짝이는 물건을 쳐다봤다. 황금색 구슬. 그것은 열쇠가 분명했다. 다테는 떨리는 손으로 얼른 주워 창고에 넣었다. 제발 아무도 보지 말았어라. 그렇게 생각하며 고개를 들던 다테는 헥터와 눈이 마주쳤다.

천화는 혼을 무릎 위에 눕히고 외치고 있었다.

"혼씨! 정신 차려요."

"그런 거냐."

혼은 천화의 가슴팍에 있는 하양이를 쳐다봤다.

'터무니없구먼.'

하양이는 속으로 생각했다.

혼에게서 태어난 새로운 생명. 그것은 사신이었다.

무생물의 생명을 앗아갈 수 있는 사신. 그것이 혼이 가진 새로운 힘이었다.

그 어떠한 생명이라도 한 줌의 모래로 만들어버릴 수 있는 혼이다. 그러나 무생물의 생명까지는 빼앗을 수 없다.

최강의 킬러가 되고 싶었던 혼은 스스로를 진정한 사신으로 반는 것이다. 무생물, 검이나 방패, 혹은 대지와 하늘마저도 죽이는 힘.

"하하하하하."

혼은 자신의 능력을 간파하고 크게 웃었다. 처음 보는 혼의 호쾌한 웃음에 천화가 마음이 놓이는지 안도의 한숨을 내쉬었다.

그러나 그것을 안 좋게 보는 시선이 있었다.

"망했어."

루시오가 고개를 절래 흔들었다.

원일까? 차라리 원이면 좋을 것 같다. 방금 혼이 보여준 능력은 터무니없었다. 매서커의 두 마검이 합쳐진 건틀릿을 박살 내버린 그 능력이 어떤 것인지 감조차 오지 않았다.

'다음에 만날 때는 우열이 바뀌어 있을 수도 있겠군.'

루시오는 빠르게 머리를 굴렸다. 그나마 헥터는 쌩쌩했지만 상대에게는 다테와 천화, 그리고 한패인 하이 형제까지 있었다.

'지금 죽일 수 없다는 것이 한이군.'

다행인 점은 적어도 혼이 먼저 싸움을 걸 확률도 낮다는 것이다. 제노사이드의 전력은 우습게 볼 수 없을 테니까.

"다음번엔!"

엘리아의 목소리가 들렸다.

언제 갔는지 쓰러져있는 혼 앞에 엘리아가 서 있었다. 엘리아는 분한지 씩씩거리며 혼을 내려다보고 있다.

"내가 이길 거니까 그렇게 알라고! 원만 있었어도 저건 내 것이었어!"

"그래, 그래. 시끄러우니까 조용히 좀 해줘라."

엘리아는 입을 삐죽 내밀더니 천화를 노려보고는 다시 루시오에게로 돌아왔다. 루시오는 울먹거리는 엘리아를 보며 말했다.

"선전포고라고 하고 오지 그랬냐."

"강해. 내가 졌다고! 그년은 내가 죽였어야 했는데."

"네가 없었으면 저놈도 이기지 못했을 거다."

"위로는 됐거든!"

엘리아는 머리를 쓸어 올리며 말했다. 지금까지 장난스럽게 사람을 죽여 왔던 그녀에게서 볼 수 없었던 진지한 얼굴이었다.

"우리는 1위가 아니야."

"그럼 누가 1위인데."

"저놈들."

엘리아는 그렇게 말하며 몸을 돌려 헥터를 쳐다봤다. 아무도 신경을 쓰지 않는 곳에서 헥터와 다테가 으르렁거리고 있었다.

"군주기를 먹었으면 열쇠는 내놔야지!"

"아따, 이 양심 없는 놈 보소. 우리 혼이 죽였으면 우리 꺼지."

"뭐, 이 원숭이 놈이. 우리가 마검 다 부셔놓고, 엘리아가 시간 다 벌어주고, 어! 막타친 게 자랑이냐?!"

"막타? 이 니그로 새끼가 어그로를 끄네."

"니그로? 이 새끼 다시 말해 봐. 니그로? 오케이, 너의 장례식에는 내 특별히 바나나를 들고 가주마."

"열쇠 나왔냐?"

루시오와 엘리아가 먼저 싸움에 가담했다. 숫자에서 밀리기 시작한 다테는 슬쩍 뒷걸음질을 치면서 혼과 천화가 있는 쪽으로 물러났다.

"혼, 어떡하지? 날 죽이고 강탈하는 거 아니야?"

"열쇠 나왔냐?"

혼이 천화의 무릎을 베개 삼아 누워 있다가 일어나며 말했다.

"그럼 다 같이 가지."

"그게 좋겠군."

혼의 말에 루시오가 동의했다. 한껏 열을 올리고 싸우던 다테와 헥터는 입맛만 다셨다.

"이봐, 혼 그래도 뭐 이걸로 이득 좀 볼 수 있지 않겠어? 내가 목숨 걸고 달려서 얻은 거라고."

"잘했어. 근데 이득 보려다 우리 다 골로 갈 수 있다."

헥터가 아직 건재했고, 루시오도 어느 정도 회복이 되었다. 승리를 확신할 수 없는 상태에서 욕심을 채우기 위해 싸움을 하는 것은 어리석은 자나 하는 것이다.

다행이라는 점은 하이 형제 덕분에 아직 힘의 균형이 어느 한쪽으로 무너지지는 않았다는 것이다.

"그럼 다 같이 길드를 만들도록 하지."

"우리가 해체하지."

혼은 일단 메이즈 헌터를 해체했다. 그 뒤 제노사이드에게 길드 합류 신청을 했다. 루시오가 받아들이는 것으로 6인의 길드가 완성되었다.

혼과 루시오의 시선은 자연스럽게 하이 형제와 세실에게로 향했다. 세실은 잠시 머뭇거렸다.

세실은 자신이 혼에게 짐만 되리라는 것을 이미 잘 알고 있었다. 지금까지는 그래도 혼과 다니면 편할 것이라는 생각에 어떻게든 붙어 지냈지만 이번 전투로 확신했다.

메이즈 헌터에 자신의 자리는 없다는 것을.

그렇다면 다음 미궁으로 넘어가 봤자 의미가 있을까. 같이 다니다가 그냥 버려지고 죽는 것은 아닐까.

그런 생각에 세실이 망설일 때 쑨 하이가 앞으로 나섰다.

"정말 세실 씨가 같은 길드는 아니겠지요."

혼은 고개를 끄덕였다.

"같은 길드 아니야. 마음대로 해라."

쑨 하이는 마치 장인어른에게 허락을 받은 것처럼 손에 힘을 불끈 쥐고는 세실의 앞에 무릎을 꿇었다.

"세실 씨! 저희와 함께 여기 남는 것은 어떻습니까?"

샤오 하이가 동생의 모습에 피식 웃었다.

"쑨 하이 말대로 우리는 여기 남을게. 따라가 봤자 개죽음당할 거 같고. 라스트 필드는 점수가 잘 벌리니까. 오버로드도 죽었으니 그렇게 큰 위험은 당분간 없겠지. 적어도 원은 얻어야 다음 미궁으로 갈 수 있을 테니."

"저, 저기, 저는 그 마음에 준비가……."

"자, 그럼 이동하자고."

세실이 대답을 하기도 전에 혼이 벌떡 일어나며 말했다. 세실은 그런 혼을 멍하니 쳐다볼 뿐이었다.

"세실, 좋겠네. 좋은 동료들 만나서."

혼은 그렇게 미소를 지어주면서 따라오지 말라 못을 박았다. 그편이 세실을 위해서도 좋은 일이었다. 세실은 슬쩍 고개를 숙이며 인사를 하고 혼의 뒤를 따라가는 천화를 바라보았다.

왜 저 자리에 자신은 가지 못하는 것일까. 왜 천화일까. 그녀는 뭐가 그렇게 특별하단 말인가.

세실의 푸른 눈에서 눈물이 한 방울 떨어졌다.

"왜, 왜 그러십니까?"

쏜 하이가 당황하며 묻자 세실이 고개를 푹 숙이며 목으로 올라오는 흐느낌을 억눌렀다.

"그냥, 너무 좋아서요."

세실은 힘겹게 대답한 뒤 미소를 지었다.

❖

그로부터 3일 정도가 지났다. 문을 향해 가는 여정은 순조로웠다.

"이게 열쇠야."

다테가 창고에서 황금색 구슬을 꺼냈다. 매서커가 죽으면서 나온 것으로 보아 그것이 천운인지 혹은 열쇠가 라스트 필드 지배자한테서만 나오는 것인지는 알 수 없게 되었다. 어쨌든 열쇠를 확인한 여섯 사람은 곧장 지도에 표시된 문을 향해 갔다.

"괴수들이 많이 없네."

매서커가 죽은 뒤로 괴수들의 출현빈도는 더욱더 낮아졌다. 손쉽게 문 앞까지 도착한 여섯 사람은 기하학무늬가 그려진 거대한 문을 쳐다봤다.

"그냥 밀어서 여는 건 아닌 거 같은데."

문은 미로의 벽 일부분이었다. 워커 수 백이 달려들어도 끝없이 올라가는 그 문을 열기란 쉽지 않아 보였다.

“자, 이제 이걸 어쩌지?”

다테가 열쇠를 꺼내 물었다. 루시오와 혼은 똑같은 자세로 문을 살피고 있었다. 분명히 이 구슬을 넣을만한 구멍이 존재할 터였다.

“이거 아닌가요?”

그때, 천화가 바닥을 가리키며 말했다. 천화가 손으로 슬쩍 바닥의 모래를 걷어내니 역시나 문에 있는 문양과 비슷한 그림이 그려진 구멍이 나타났다. 혼과 루시오는 동시에 쭈그려 앉아 그것을 살피더니 고개를 끄덕였다.

“이것인 거 같군.”

“그럼 넣는다.”

혼의 말이 떨어지기가 무섭게 다테가 구슬을 집어넣었다.

구슬은 구멍에 딱 맞았다. 혼과 루시오는 긴장을 하고 문으로 시선을 돌렸다. 모든 경우의 수를 따지는 두 사람은 이 문이 혹시 함정이 아닐까 걱정하고 있던 참이었다.

문에 그려진 기하학무늬가 빛나기 시작하면서 중저음의 목소리가 울려 퍼졌다.

“길드명을 대라.”

“제노사이드.”

루시오가 앞으로 한 걸음을 나서며 말했다.

"학살의 여제. 매서커의 열쇠."

학살의 여제 매서커. 문의 말을 들은 순간 혼은 각 지역의 지배자인 3성급 오버로드들이 열쇠를 주는 것이라 확신했다.

"4번 구역으로 이동하겠다."

거기에다가 열쇠마다 구역이 정해져 있는 듯싶었다. 문에서 발생된 빛이 여섯 사람을 삼켰다.

"진정한 미궁에 들어온 것을 환영한다."

그 말을 끝으로 여섯 사람의 모습이 사라졌다.

NEO MODERN FANTASY STORY & ADVANTURE

메이즈 헌터

Maze Hunter

5

미궁은 7개가 있다고 했다.

최초의 미궁을 시작으로 두 번째 미궁. 세 번째 미궁.

그렇게 많은 미궁이 다른 차원으로 존재한다고 반대편의 미로를 거쳐온 사람들은 생각했다. 그도 그럴 것이, 중앙도시의 경험과 미궁의 지도가 끝나있다는 점, 게다가 반대편의 미로가 최초의 미로보다 난이도가 훨씬 높다는 점에서 미궁 단계론이 힘을 받았다.

4번 구역.

혼을 비롯한 일행이 눈을 떴다.

싸아아악 하는 소리가 울려 퍼졌다. 눈앞에는 거대한 나무가 서 있다. 나무의 이파리들이 바람에 휘날려 내는 소리가 평화로운 분위기를 만들어냈다.

혼은 주위를 둘러보았다. 벽으로 막혀 전체적인 풍경을 볼 수는 없었으나 그곳이 민둥산 위라는 것쯤은 알 수 있었다.

"여기가 두 번째 미궁인가?"

루시오는 점수상점에서 지도를 샀다. 미궁에서 꼭 필요한 물건이라고 하면 바로 지도였다. 적어도 지도가 있어야 현재 위치라도 할 수 있었으니.

최초의 미궁과는 다르게 지도는 한 장뿐이었다.

"일단 세계지도를 샀는데 말이야."

루시오는 앞에 나타난 엄청난 크기의 지도를 보며 혀를 내둘렀다.

"세계지도라고 할 만하네."

모두가 루시오가 산 지도로 모여들었다.

거대한 대륙이 그려져 있었다. 강이나 산 같은 것은 거의 표시하지 않은 마치 위성지도와 같은 스케일의 지도였다.

미궁의 벽마저 표시해놓지 않은 그 지도에 여섯 사람 모두가 어리둥절해 하고 있었다.

"다, 다른 지도를 사보지."

루시오가 소축척지도를 샀다. 그러자 6장의 지도가 생겨났다. 역시나 미궁의 벽은 표시되어 있지 않았고, 산과

강, 그리고 숲 같은 지형들만 표시된 것이었다. 루시오는 망설임 없이 중축척지도를 샀다.

30장의 지도가 생겨났다. 이번에는 나름 자세하게 미궁의 지형이 나타나 있었다. 한 가지 최초의 미로와 다른 점이라고는 한 지역에 딱 하나의 지도만 존재한다는 것이었다. 그것으로 유추해 낼 수 있는 사실이 있다.

"여기는 미궁이 변하지 않는 모양이네."

루시오는 그 이후 대축척지도를 구매했다. 300장이나 되는 지도가 툭 하고 떨어졌다. 루시오는 머리를 긁적이며 피식 웃었다.

"이건 뭐 나중에 보도록 하고, 지금 현재 위치가 어디인지나 알아보자고."

여섯 사람은 대축척지도에서 밝은 점이 빛나고 있는 한 장을 뽑아 보기 시작했다. 자세하게 미궁의 벽과 안전지대로 보이는 공간이 표시된 지도에는 전과 다르게 도시의 이름이 적혀있었다.

"그러니까, 이 아래가 모베라라는 곳인 거 같은데."

"가면 사람들이 있겠군."

혼의 말에 루시오가 고민에 빠졌다.

현재 지도를 보고 얻은 정보를 요약하자면 크게 세 가지로 나눌 수 있었다.

첫째로는 이제 미궁이 변하지 않는다는 것이었다. 그것

은 매우 좋은 소식이었다. 혼은 지금처럼 천화의 기억력을 믿고 움직일 수 있었고, 루시오도 더는 바뀌는 미궁에 헛걸음할 필요는 없어진 것이다.

두 번째로는 이곳은 두 번째 미궁이 아니라, 본격적인 미궁 그 자체라는 것이었다.

소축척지도가 6장인 이유는 그것이 각각 하나의 미궁을 나타내고 있기 때문이다. 지역으로 나누어 2번 미궁, 3번 미궁, 4번 미궁, 이런 식으로 나누어져 있는 것이다. 그리고 현재 일행은 4번 미궁 어딘가에 떨어진 상황이었다.

세 번째로 안전지대에 이름이 붙어 있는 것으로 보아 거의 모든 안전지대에는 주인이 있는 듯싶었다. 그 누구도 살지 않는 지역에 이름이 붙어 있을 확률은 극히 낮을 테니까.

문제는 더는 최초의 미로가 아니라는 점이었다. 이곳에는 최초의 미궁을 통과했던 강자들만이 사는 곳이었다.

제아무리 제노사이드가 강하더라도 이제는 절대적인 강자의 위치에 있는 것은 아니라는 것이었다.

"솔직히 말해 그 모베리라는 곳에 가기는 싫은데 말이야."

"그건 동감이다."

혼이 루시오의 말에 고개를 끄덕였다. 최초의 미로에서

도 안전지대에 들어가기 전에 마음의 준비를 해야 했다.

이곳은 마음에 준비만으로는 부족하다. 막말로 이곳에 누가 있건 그들은 3성 오버로드를 죽였던 자들 아닌가.

"저, 잠시 지도들 좀 봐도 괜찮을까요?"

천화의 말에 루시오는 고개를 끄덕이고 다시 고민에 빠졌다. 그때 엘리아가 외쳤다.

"그냥 가서 다 쓸어버리자!"

엘리아가 자기 생각에 감탄했는지 의기양양하게 고개를 끄덕였다. 그러나 혼은 엘리아의 말을 무시하고 의견을 제시했다.

"일단 돌아다니면서 만나는 사람에게 정보를 얻어내 봐야지."

루시오도 동의했다.

"그래야지. 일단 그편이 더 안전할 테니까."

호랑이도 제 말을 하면 온다더니 저 멀리서부터 수레를 끌고 오는 일행이 보였다. 혼과 일행은 언덕 위에 자리 잡고 있었기 때문에 아래쪽에서 올라오는 수레가 아주 잘 보였다.

수레를 끌고 있는 것은 어린아이로 추정되었다. 뒤쪽으로는 키가 3m는 되어 보이는 거인 세 명이 갑옷과 둔기를 들고 걸어왔다.

"인간은 아닌 거 같은데."

민둥산에서 몸을 숨길 수 있는 공간은 많지 않았다. 숨을 곳을 둘러보던 일행은 전원 같은 생각이라도 한 듯 커다란 나무 위로 재빠르게 올라가기 시작했다.

아니, 정확히 말하면 전원은 아니었다.

"엘리아! 뭐해!"

"앙? 재밌을 거 같은데."

엘리아가 귀를 파며 말했다. 그러는 동안 수레는 점점 정상을 향해 다가왔다. 정상에 올라온 수레는 엘리아의 앞에서 멈췄다.

"워워워!"

어린아이의 목소리라고는 믿기지 않은 만큼 걸쭉한 목소리가 수레에서 흘러나왔다. 이미 상황은 걷잡을 수 없게 되었다. 나무 위로 올라간 다섯은 숨을 죽이고 엘리아와 수레에서 내리고 있는 키 작은 남자를 보았다.

"혼자인가? 아가씨."

수레에서 내린 남자의 얼굴을 흰 수염이 덮고 있었다. 키는 아무리 크게 봐줘도 90cm 정도였다. 인간으로 치면 4살에서 5살 정도밖에 안 되는 인체 비율의 난쟁이. 빵모자를 쓰고 멜빵바지를 입은 모습이 멀리서 보면 정말 어린 아이와 같았다.

"난쟁이다! 루시오! 난쟁이야!"

엘리아가 나무를 쳐다보며 말했다. 루시오는 예상이라

도 했다는 듯이 뛰어내려 같이 숨은 다른 이들이 들키지 않도록 했다.

"아이고. 엘리아야."

루시오는 민망한 듯 머리를 긁적이며 나가더니 고개를 숙이며 말했다.

"안녕하십니까."

"오호, 일행이 있었구려. 난 또 예쁜 아가씨 혼자 돌아다니는 줄 알았네. 하하하. 위험한 동네니 조심 좀 하시게."

"그런데 어르신은 혹시 모베라에서 오셨습니까?"

"오, 그렇다네. 어떻게 알았나?"

난쟁이는 허허 웃으며 말했다. 루시오가 난쟁이의 출저를 알아낸 것은 당연한 일이다. 이 근처에 안전지대라고는 모베라 밖에 없었으니까.

"저희도 그곳으로 가려고 했던 참입니다. 혹시 이방인도 들어갈 수 있는 곳인가요?"

어쨌든 난쟁이에게 적의는 없는 것 같았다. 뒤에 서 있는 거인들이 걸리기는 했지만 전부 멍청하게 하늘만 보며 서 있었으니 딱히 위험으로 느껴지지는 않았다.

"오, 모베라는 워커들도 잘 받아주는 곳이지. 문제만 일으키지 않으면 전혀 상관없어. 오히려 환영하네. 왜 그 워커들은 점수라는 것을 쓰지 않던가. 부디 가서 좋은 가격으로 쇼핑도 해주게나."

난쟁이는 허허 웃으며 말했다.

루시오는 고개를 끄덕였다. 일단 모베라는 안전한 장소인 것 같았다. 난쟁이는 딱 보더라도 워커들에게 호의를 가지고 있는 것으로 보였으니 말이다.

"이쪽의 아가씨는 엘리아. 저는 루시오라고 합니다. 어르신은?"

"하하하, 나는 오꼬라고 하네."

"상인이신가요?"

"하하하, 바로 맞추는군. 지금은 물약을 팔러 가는 중이지."

루시오는 고개를 끄덕였다.

몇 마디를 더 나눈 뒤 오꼬는 다시 길을 떠났다. 혼은 눈치를 살피다 다시 밖으로 나왔다. 루시오가 깨알 같은 정보들을 많이 모아주었기 때문에 굳이 미궁을 헤맬 필요가 없어졌다.

"이런 일에 엘리아가 도움이 되는 날도 있네."

"아하하하! 나를 찬양하라!"

엘리아가 의기양양하게 가슴을 펴며 말했다. 별로 칭찬의 의미로 한 것은 아니었지만. 웃고 있는 엘리아는 무시하고 루시오가 혼에게 말했다.

"그럼 일단 모베라까지는 같이 가도록 하지."

◈

모베라.

입구는 안쪽으로 강철로 된 문이 만들어져 있었다. 그 옆으로는 오꼬와 붙어 다니던 거인이 눈에 들어왔다. 강철 문에는 조그마한 구멍이 뚫려 있었는데, 그 속으로 팔을 괴고 앉아있는 한 난쟁이가 보였다.

엘리아는 앞장서서 거인의 사이를 지나갔다. 거인들은 멍하니 서로의 얼굴만을 멍청하게 쳐다보고 있었다.

"얘들 안 움직여! 걱정하지 마."

엘리아가 천진난만하게 웃으며 몸을 숙였다.

"왁!"

엘리아가 소리를 지르자 구멍 안에서 졸고 잇던 난쟁이가 화들짝 놀라며 일어났다. 확실히 혼이라면 무릎 꿇고, 거기에 허리까지 숙여야만 눈높이를 맞출 수 있을 정도였다. 키가 제일 작은 엘리아라면 그저 허리를 숙이는 정도로도 대화가 가능할 것이다.

"까, 깜짝아! 워, 워커들입니까?"

"우와."

천화도 얼굴을 들이밀고 난쟁이를 살폈다. 오꼬와는 다르게 앳된 얼굴의 난쟁이는 인간과는 다른 귀여움을 선사했다.

"입장료가 있는데 괜찮으십니까?"

"얼마?"

"한 명당 100점입니다."

100점이라면 그렇게 비싼 점수가 아니었다. 애초에 반대편의 미로에서 이곳으로 넘어온 워커라면 100점 정도의 여유는 항시 있을 테니 말이다.

"단체할인 안 되나요?"

천화도 엘리아의 바보가 옮았는지 미소와 함께 물었다. 난쟁이가 당황하는 것을 본 혼이 천화의 어깨를 잡았다.

"되겠냐?"

"됩니다!"

난쟁이가 고개를 끄덕였다. 묘하게 난쟁이 얼굴이 붉어진 것이 아무래도 미인계가 통한 듯싶었다.

"되잖아요. 헤헤."

그렇게 60점을 깎은 540점으로 모베라에 들어간 일행은 처음 보는 이색적인 광경에 한동안 우두커니 서 있을 수밖에 없었다.

"우와."

솔직한 엘리아가 가장 먼저 감탄을 토해냈다.

사방으로 고작 1m 50cm 정도의 높이밖에 안 되는 집들이 나란히 지어져 있었다. 잘 관리된 잔디는 푸르렀고, 길은 수레가 지나갈 수 있을 정도로 넓고 잘 정돈되어 전체적으로 깔끔한 유럽의 시골을 연상케 했다.

좀 먼 곳으로 일반적인 마을도 지어져 있었다. 5m는 족히 넘어 보이는 대형저택이 지어져 있었다. 아무래도 거인들이 사는 곳인 듯싶었다.

이색적인 마을 광경보다 더욱더 시선을 잡아끄는 것은 거인을 타고 다니는 난쟁이들이었다. 거인의 뒷목과 어깨에는 난쟁이가 탈 수 있는 가마 같은 안장이 만들어져 있었는데 난쟁이들은 거기에 앉아 마치 거인을 조종하는 듯이 살아가고 있었다.

"걸리버 여행기 같네."

루시오가 신기하다는 듯이 집을 보며 말했다.

"뭐, 여기까지 왔으니 일단 길드는 나누도록 하지."

혼은 길드탈퇴를 외쳤다. 차례대로 천화와 다테도 따라 외쳤고, 루시오가 확인하는 것으로 마무리 지었다.

혼은 다시 천화와 다테를 길드원으로 삼아 메이즈 헌터 길드를 만들었다. 그렇게 다시 분리된 제노사이드와 메이즈 헌터는 작별을 고했다.

"뭐, 모베라 안에서만큼은 불가침으로 하자고."

"그쪽 미친개나 잘 조련하면 문제 없을 거다."

"맞는 말이라 뭐라 할 말이 없군."

루시오가 피식 웃으며 먼저 도시 안으로 걸어가기 시작했다.

"이제야 셋이 남았네."

세노사이드가 사라지고 다테가 깊은숨을 내쉬며 말했다.

"그럼 일단 점수랑 군주기를 확인해보자."

제노사이드와 항상 붙어 지내다 보니 아직 매서커를 죽이고 얻은 점수와 군주기를 제대로 활용하지 못했다. 지금까지는 같이 사건을 해결해나갔다 치더라도 언제 제노사이드가 적이 될지 모르기 때문에 전력누출을 최대한 막은 것이다.

"그보다 숙소부터 구해야지. 보니까, 어, 이 난쟁이 장소에는 우리가 잘 곳은 없을 거 같은데."

다테의 말대로 숙소를 구한 뒤 점수와 군주기를 사용해도 괜찮을 것이다. 혼은 집 앞에서 파이프 담배를 피우는 난쟁이에게로 향했다.

"말씀 좀 묻겠습니다. 여기 혹시 워커들이 묶을 만한 장소가 있는지요?"

"오호호, 워커는 오랜만이네그려. 있지, 있고말고."

난쟁이는 파이프로 큰 건물들이 지어져 있는 곳을 가리켰다.

"저기가 시장 겸, 연구소 겸, 워커들을 위한 숙소까지 있는 곳이네. 구경할 게 많으니까 가보고. 점수도 팍팍 좀 쓰고. 하하하."

"감사합니다."

큰 건물들이 모여 있는 곳, 그곳을 난쟁이들은 빅 타운이라고 불렀다. 또한 난쟁이들이 타고 다니는 거인들의 이름은 오거라는 단순하고 확실한 이름으로 불리고 있었다.

어딜 가나 오거들은 전부 멍하니 서 있을 뿐이었다. 명령은 알아듣는 듯싶었지만 지능은 거의 없다고 봐도 될 정도였다. 그래도 순한 성격인지 어린 난쟁이들마저 오거들에게 장난을 치며 놀고 있었다.

"민망한 상황이 나올 거 같은데."

혼은 단 하나밖에 없는 여관을 보며 말했다. 문을 열고 들어가자 역시나 루시오가 방을 구하고 있었다.

"늦었네."

루시오가 웃으며 말했다. 그도 아마 같은 상황을 예상했을 것이다.

"방 2개로 하루 지내는데 200점이다. 우린 하루 있다가 이동할 거니까 신경 쓰지 말고."

제네시스는 점수를 최대한 아낄 생각인 듯싶었다. 대부분의 안전지대는 정착할 것이 아니라면 하루 정도 머물고 떠나는 것이 정석이기는 했으나 혼은 모베라에 좀 오래 머물 생각이었다.

오래 있으면서 도시로 들어오는 워커가 있다면 그들에

게서 정보를 빼낼 생각이었다. 아무리 강한 워커라도 다른 종족이 시배를 하고 있는 모베라에서 전투를 빌일 가능성은 적기 때문이다.

"일단 5일 머물겠다."

"방 두 개로 5일 말씀이십니까? 1,000점입니다."

소녀와도 같은 얼굴의 여자 난쟁이가 웃으며 대답했다. 고작 5일에 1,000점이라니, 최초의 미로에서는 한 대 맞아도 어디 가서 하소연할 수 없는 가격이었다.

1,000점을 치른 혼은 방 열쇠를 받아 위로 올라갔다. 다른 방을 배정받은 천화는 정말 방만 확인하고 다시 혼과 다테가 있는 방으로 들어왔다. 마침 다테가 매서커에게서 얻은 반지를 꺼내 침대 위에 올려놓던 참이었다.

"자, 이게 이번에 얻은 군주기야."

"무기만 있는 건 아니었네."

세버런스와 수호설, 용의 무구, 신의 독사와 에드워드가 쓰던 폐왕의 비명까지. 지금까지 본 군주기들은 죄다 무기였다.

"이 군주기의 이름은 순간저장 (Snap shot). 좀 특이하지."

"이름으로는 능력을 알 길이 없네."

혼은 반지를 껴보았다. 투명한 다이아몬드 같은 보석이 가운데 박혀 있는 단순하게 생긴 반지였다.

혼은 먼저 반지를 사용해보기로 했다. 능력을 알아보는 데 있어 그보다 더 빠르고 확실한 방법은 없었다.

"순간저장!"

혼은 반지를 끼고 슬쩍 외쳐보았다. 역시 아무 일도 일어나지 않았다.

"정말? 아이디어가 그거밖에 없었어?"

다테가 피식 웃으며 말했다. 천화도 그 모습이 웃겼는지 고개를 돌린 채 웃다가 혼에게 다가갔다.

"줘 봐요. 제가 해볼게요."

천화는 반지를 받아 손가락에 끼고는 여러 포즈를 잡아보았다. 귀엽기만 하고 아무런 일도 벌어지지 않았다.

"힘드네요."

수호설의 방법을 알아낸 것처럼 정신을 집중하며 뭔가가 벌어지지 않을까 생각했지만 그런 건 아닌 듯싶었다. 혼은 다시 반지를 받아 끼더니 말했다.

"야, 다테. 이것도 설마 무기 아니야?"

"그게 어떻게 무기야?"

"왜, 너희 조폭들은 이런 반지 끼고 상대를 때리잖아. 너클 대신."

혼은 그렇게 말하며 반지를 낀 주먹으로 천화를 툭 쳤다.

"이렇게 치면 능력이 나온다든가."

혼은 피식 웃으며 천화를 쳐다봤다.

"어?"

사라졌다.

조금 전까지만 해도 바로 옆에 서 있던 천화가 증발해 버린 것이다. 혼은 다테를 쳐다보는 것으로 무슨 일이 일어난 것이냐고 물었다.

"그거 그냥 치니까 사라지던데?"

다테가 당황한 얼굴로 말했다. 혼과 다테의 시선이 동시에 반지로 향했다. 반지에는 100:00:00, 이라는 숫자와 함께 카운트다운이 시작되었다. 초시계부터 떨어지는 것으로 보면 100시간 지속이라는 뜻이다.

"어떻게 사라졌어?"

"그냥 반지 속으로 들어갔어."

"그럼 어떻게 꺼내?"

"내가 아냐?!"

다테가 벌떡 일어나 혼의 손을 잡았다. 천화가 반지 속으로 들어가 버렸다. 혼은 냉정하게 반지를 주시하다가 손가락으로 반지에 박혀있는 투명한 보석을 꾹 눌렀다. 그러자 천화가 사라졌을 때 그 자세 그대로 튀어나왔다.

"엥?"

1초 정도 굳어있던 천화가 고개만 돌려 혼을 쳐다봤다.

"뭔가 잠시 시간이 멈춘 듯한 그런 느낌이……."

"좋은 군주기가 나왔네."

혼은 만족한 듯이 웃었다.

순간저장이라 불리는 이 반지는 말 그대로 한 물체를 순간적으로 저장할 수 있는 듯싶었다. 다시 튀어나온 천화의 자세와 반응으로 보아 말 그대로 저장. 반지가 저장한 물체의 시간은 멈추는 것이다.

이건 여러 의미로 쓸 만할 것 같았다. 저장의 한계 개수라든가, 크기라든가 여러 가지로 알아봐야 할 것이 많긴 하지만 당장 나온 스펙만으로도 충분히 활용가치가 컸다.

"좋아, 그럼 군주기는 됐고. 점수를 보자."

매서커를 죽이면서 얻은 점수는 1만 점이었다. 아마 제노사이드가 1만 점을 가져갔을 테니 매서커의 가치는 총 2만 점이었다. 2만 점을 다 가져갔다면 듀얼 마스터가 바로 트라이 마스터가 될 수도 있을 정도의 점수였다.

1만 점은 40%, 30%, 30%로 나누어져 혼과 천화, 그리고 다테에게 배분되었다.

"라스트 필드에서 모은 점수까지 합쳐서 나는 1만 7,000점이다."

"저는 1만 1,000점이에요."

"나는 1만 3,000점."

세 사람의 점수가 비슷했다. 40%를 가져가는 혼의 점수가 훨씬 많긴 했지만 그만큼 혼이 더 많은 점수를 썼기 때문에 큰 차이는 없었다.

혼은 이미 오러 각성을 2차까지 했다. 오러 공격은 직접적인 공격보다 약했기 때문에 많이 쓰지는 않았지만 오러 보호막은 쏠쏠한 도움을 주었다.

"그럼 내가 3,000점 모자르네."

"그럼 일단 내 3,000점을 가져가."

다테가 말했다.

"저도 1,000점 여유가 되는데요."

천화는 듀얼 마스터조차 아니었기 때문에 1만 점이 필요한 상황이었다. 혼은 다테에게서 3,000점을 전부 받았다.

"그건 너의 여유분으로 가지고 있어. 혹시 모를 상황을 대비해서 천 점 정도는 가지고 있는 게 좋아."

천화는 고개를 끄덕였다.

2만 점이 모인 혼은 심호흡하며 각성을 시작했다.

트라이 마스터라는 것은 각성자의 정점을 이야기한다. 이 뒤에 어떤 강화가 있을지는 알 수 없지만 적어도 반대편의 미로에서 강자의 척도는 트라이 마스터인가 아닌가로 나뉠 정도였다.

무슨 원이 생길까. 예측할 수 없다. 그것은 듀얼 마스터가 되었을 때도 마찬가지였다.

두 번 다 극적인 상황에 각성을 했다면 이번에는 여유를 가지고 할 수 있었다. 속도를 원했던 첫 번째 각성 당시에는 신속이, 절대적인 힘을 원했던 두 번째 각성 때는 전투악귀라는 능력이 생겼다.

혼은 차분하게 진정으로 원하는 힘이 무엇인가를 상상했다.

'뭐, 무적이면 좋겠지.'

무적. 단순하지만 확실한 강함이었다. 절대적인 강함을 원하는 사람에게 과연 원은 어떤 능력을 줄까.

혼은 눈앞에 튀어나온 각성 창의 확인을 눌렀다.

그러자 세계가 온통 어둠으로 뒤덮였다. 바로 옆에 앉아있던 다테와 천화도 사라진 세계. 그러나 각성을 할 때마다 무언가 이상한 일이 벌어졌던 것을 인지하고 있던 혼은 놀라지 않았다.

어둠의 공간에 한 줄기 빛이 들어왔다. 그곳으로 한 여자가 뚜벅뚜벅 걸어 왔다.

빛이라고는 저 멀리서 새어 들어오는 것밖에 없었음에도 여자의 모습은 아주 잘 보였다. 여자는 은색 머리와 벽색 눈동자를 가지고 있었고, 온통 새하얀 드레스를 입고 있었다. 모습만 보면 천사와 같았지만, 등 뒤에 수 천 개의 칼날로 이루어진 날개 때문에 이 여자가 천사라 확정지을 수는 없었다.

"누구지?"

혼은 다가오는 여자에게 더는 오지 말라는 듯 손을 들며 말했다. 여자는 발걸음을 멈추더니 양손으로 드레스 자락을 잡으며 슬쩍 고개를 숙였다.

"다섯 운명의 인도자 중 하나여. 당신을 만나러 왔습니다."

"다섯 운명?"

"삼백 년 만에 만난 죽음의 인도자여. 만나 봬서 영광입니다."

여자가 무슨 말을 하는지 알 수는 없지만 다섯밖에 없다는 희귀성, 그것도 삼백 년 만에 나왔다는 것을 보면 좋은 것임이 분명했다.

"그래서 내 원(元)은 뭐지?"

"접니다."

"뭐라고?'

혼이 어이가 없다는 듯이 여자를 쳐다봤다.

"죽음의 인도자여. 나 죽음의 천사가 당신의 원입니다."

혼은 머리를 긁적이다가 한숨을 쉬었다. 뭔지는 모르겠지만 어쨌든 원은 얻은 거 같으니 상관없다. 그 원이라는 것이 정확히 무엇인지는 차차 알아보면 되니까.

"그러냐? 그럼 이제 이 공간에서 내보내 줄래?"

"알겠습니다."

여자는 그렇게 말하며 혼의 가슴팍으로 파고들었다. 여자의 몸이 혼의 몸속으로 흡수되었고 그와 동시에 알 수 없는 충격이 머리를 때렸다.

"윽,"

혼은 눈을 번쩍 떴다. 다테와 천화가 걱정스럽게 혼을 쳐다보고 있었다.

"됐어? 어때?"

다테가 물었다. 트라이 마스터가 되는 광경은 그 역시 처음 보는 것이었다.

"내가 얼마나 정신을 잃고 있었지?"

"한 10초 정도?"

"그것밖에 안 돼?"

여자와 대화를 꽤 많이 했던 것 같은데 고작 10초라니.

"능력은 뭘 얻으셨어요?"

"몰라. 어떤 여자."

혼의 말에 천화가 고개를 갸웃했다. 어떤 여자를 원이라고 받아온 것인가? 그렇다면 여자는 도대체 어디 있단 말인가.

"그러지 말고 사용해봐. 머릿속에 사용 방법 있을 거 아니야."

지금까지의 각성은 자동으로 사용 방법이 머리와 몸에 새겨졌었다. 신속이나 전투악귀를 얻자마자 바로 사용할 수 있었던 것은 그 때문이었다.

"그러지."

혼은 머릿속에 입력된 코드를 읊었다.

"리첼리아."

그러자 어둠 속에 보았던 여자가 공중에 생성되더니 사뿐히 착지했다. 여자는 눈을 감고 있다가 천천히 뜨며 혼을 바라봤다.

"급하시네요. 밤 시중이라도 들까요? 고귀한 죽음의 인도자여."

"이런 여자를 얻었다."

혼이 어떠냐는 듯이 다테와 천화를 돌아보았다. 다테와 천화는 다른 의미로 여자를 뚫어지게 쳐다봤다.

다테가 생각하는 것은 두 개였다. 하나는 어떻게 이 여자가 원이라는 것일까라는 의문. 그리고 나머지 하나는…….

"이 여자 복 터진 놈."

"현실 세계에서 없던 게 여기에 와서 터졌나 보지. 그리고 결과적으로 여자라고는 천화 밖에 없었는데."

"이 분 이름이 리첼리아인가요?"

"그런 거 같네."

천화는 고개를 끄덕였다. 인간의 모습을 하고 있었지만 분위기는 완전히 이질적이었다.

"어머, 사람들이 많네요. 설마 2대 2 플레이를 하자는 건가요?"

"입 좀 다물어라."

혼의 명령에 리첼리아는 고개를 슬쩍 돌리며 지퍼를 닫는 것처럼 손으로 입을 그었다.

"그래서, 이 리첼리아라는 여자는 무슨 능력이 있는 건데?"

"뭐, 그건 정확히 모르겠고. 내가 할 수 있는 것은……."

혼은 손을 내밀며 리첼리아에게 말했다.

"천의 무기. 일루미나."

혼의 말과 동시에 여자의 몸이 빛나기 시작했다. 그 빛은 혼의 손으로 모여 장검의 모양으로 바뀌었다.

무늬가 없는 은색의 검. 그것은 보는 것만으로도 베일 것 같았다.

"그러니까, 원이 무기라는 거네?"

"그 무기의 능력은 뭐예요?"

"일단 여기까지만 하지."

수많은 궁금증이 있었지만 혼은 일루미나를 손에서 놓았다. 그러자 리첼리아는 다시 인간의 모습으로 돌아갔다.

"에이, 설마 이거 알아보려고 부른 건가요?"

"그래, 들어가 봐라."

혼의 명령에 리첼리아는 아쉬운 표정을 지으며 사라졌다. 빛으로 변한 리첼리아가 다시 혼의 몸속으로 들어가고 이제 시선은 자동적으로 천화에게 향했다.

"너도 각성했잖아. 능력이 뭐지?"

천화도 듀얼 마스터가 된 후였다. 혼이 각성을 시작할 때 같이 했으니 말이다.

"저는 그게……."

천화의 무기 능력은 예측할 수가 없었다. 애초에 천화는 성격도 유하고 지금까지의 전투에서 특정한 무기를 선호하는 성향을 보이지 않았기 때문이다.

압살을 원하는 혼에게는 전체적인 능력치 상승 능력이 붙었고, 주먹을 신봉하던 다테에게는 그에 걸맞은 능력이 생겼다.

"평화조약이라고 머리에서는……."

천화는 창피하다는 듯이 고개를 푹 숙였다.

"어?"

다테와 혼은 동시에 의문을 표했다. 평화조약이라는 것은 전쟁을 하거나, 어떤 국가 간 혹은 집단의 분란이 있을 때 대표가 만나 만드는 그런 것 아니던가. 그것이 어떻게 무기능력이 되는지 감조차 오지 않았다.

"강제 평화조약이에요. 예를 들면."

천화는 슬쩍 혼의 가슴을 주먹으로 쳤다.

"이렇게 싸움을 건 뒤에……. 중재."

천화가 외치자 공중에 돌돌 말린 두루마리 종이 한 장이 나타났다. 천화와 혼이 있는 장소를 은은한 빛이 스포트라이트처럼 비추고 있었다.

"여기는 평화지역인 거예요."

혼은 그 말에 천화의 어깨를 툭 때려보려고 했다. 그러나 몸이 움직이지 않았다. 때리겠다는 아무리 강한 의지를 가지더라도 마치 중간에 신호가 끊기듯 몸이 움직이지 않는 것이다.

"다테, 뭐 던져봐. 단검 같은 거."

외부의 공격도 막아주는가에 대한 실험이었다. 다테는 단검을 혼에게 휙 던졌다. 단검은 빛에 가로막혀 그대로 툭 떨어졌다.

"완전히 격리된 평화지역이라는 소리군."

"맞아요."

천화는 능력을 없앴다.

혼은 속으로 감탄하고 있었다. 천화의 능력은 잘 사용하면 완전히 전황을 뒤집을 수 있었다.

천화는 원래부터 서포트형 능력을 가지고 있었다. 초재생과 수호설로 이어지는 생존력이 그녀의 가장 큰 장점이었다.

그러나 이제 이 평화조약 능력으로 적의 가장 큰 전력을 묶어버릴 수 있게 되었다. 당장 제노사이와 싸울 때 엘리아를 묶어버리면 제노사이드는 전력의 50%를 잃게 되는 것이다.

능력은 인간성과 그 인간의 바람에 맞춰서 생성된다. 즉 평화협정은 전투보다는 평화를 원했던 천화만이 가질 수 있는 특별한 능력이었다.

천화는 설명을 덧붙였다.

"중요한 것은 싸움이 시작되어야 평화조약을 맺을 수 있어요."

"즉, 첫 번째 공격은 어쩔 수 없다는 거구나."

"맞아요. 첫 번째 공격은 전투의 개시기 때문에 그 전에 평화조약을 맺을 수 없는 거죠."

이로써 이번에 얻은 능력은 전부 다 알아보았다. 유틸적인 면에서 비약적인 강화가 있었으며 혼이 원을 얻으면서 더는 트라이 마스터들에게 겁먹을 필요가 사라졌다. 만 점만 더 있으면 다테마저 트라이 마스터가 될 수 있으니 여러 가지 의미에서 본격적인 미궁에 들어가기 위한 준비가 끝난 것이다.

"자, 그럼 좀 쉬다가 저녁이나 밖에서 먹자고. 점수는 다테가 낼 테니까."

혼에게는 점수가 남아있지 않았고, 천화 또한 고작 천

점 남아있는 상황이었다. 여기서는 만 점이 있는 다테가 물주가 될 수밖에 없었다.

"대신 씻는 건 내가 먼저 씻는다."

다테는 벌떡 일어나더니 샤워실로 들어갔다.

❖

저녁 시간.

밖으로 나오자 사방에 가로등이 켜져 있다. 가로등은 고작 2m 정도의 높이였지만 난쟁이들에게는 적당한 높이였다.

빅 타운에도 난쟁이들이 많았다. 워커들이나 거인들을 위한 장소의 가구들만 컸을 뿐, 식당이나 상점가는 전부 난쟁이들에게 맞추어진 크기였다.

덕분에 미니어처 박물관이라도 온 느낌이었다.

길을 모르는 세 사람은 도시를 정처 없이 걷고 있었다. 일반적인 마을 수준이었던 최초의 미궁의 안전지대들과는 달리 말 그대로 모베라는 도시였다. 당장 20분 동안 걸었음에도 거인들이 지내는 마을에서 벗어날 수가 없었다.

한참을 걷던 혼이 말했다.

"그냥 숙소에서 만들어 먹을 걸 그랬나?"

"제노사이드는 그러고 있던데."

"그래도 분위기는 좋네요."

천화가 한숨을 내쉬는 두 남자의 사이에서 분위기를 업시키기 위해 노력했다.

거인들의 마을에서 벗어나자 창고 비슷한 버려진 건물들이 나왔다. 모베라의 난쟁이들이 사는 곳이 아름답고, 또 깨끗한 숲 속의 낙원 같은 느낌이라면 빅 타운은 마치 과도기의 유럽을 보는 것만 같은 풍경이었다.

사람 하나 없는 거리는 묘한 공포감을 생성했다. 그때, 어디선가 바람에 휘날려 문이 닫히는 소리가 났다.

"흐익."

천화가 갑자기 놀라며 혼에게 달라붙었다.

"방금 이상한 소리 나지 않았어요?"

"그래 나더라. 누가 집에서 나왔나 보지."

혼은 대수롭지 않게 앞으로 걸어갔다.

타다다닥.

어딘가에서 발소리가 들렸다. 혼은 그제야 발을 멈추고 소리의 방향을 쳐다보았다.

얼마 지나지 않아 모포를 뒤집어쓴 작은 무언가가 벽에서 튀어나왔다. 천화는 까무러치게 놀라며 혼의 뒤로 숨었지만 혼은 대수롭지 않게 그것의 발을 걸었다.

"아야야야!"

모포를 뒤집어쓴 무언가가 꼴사납게 나자빠지며 바닥을 굴렀다.

"봐라. 그냥 난쟁이야. 놀랄 거 없잖아"

"발은 왜 걸어?"

다테가 혼에게 한마디 한 뒤 넘어진 난쟁이에게 다가가 무릎을 굽혀 앉았다. 모포를 뒤집어 쓴 난쟁이는 힘겹게 몸을 일으키더니 다테의 손을 잡았다.

"고, 고맙습니다요."

모포가 벗겨지면서 난쟁이의 얼굴이 드러났다. 통통한 볼 살에 동그랗고 큰 눈. 이마에 커다란 고글을 쓰고 있었고 보라색 긴 머리가 인상적이었다. 순간적으로 심장에 타격을 받은 다테가 콜록하고 기침을 한 뒤 혼을 돌아봤다.

"아씨! 야 발은 왜 걸어?"

"왜 저래? 천화야. 저 일본인 미쳤나 보다."

혼이 고개를 절래 흔들었다. 천화는 어느새 난쟁이의 앞으로 가 어쩔 줄 몰라 하고 있었다.

"미안해. 괜찮니?"

"괜찮습니다요. 제가 갑자기 튀어나온 게 잘못입니다요."

난쟁이는 풀이 죽어 말했다. 천화는 난쟁이의 까진 무릎을 보고는 작은 혈석을 건넸다.

"여기. 이거 먹으면 나을 거야."

"고맙습니다요."

난쟁이는 혈석을 안다는 듯 입에 털어 넣고 벌떡 일어났다.

"그, 그럼 심부름 중이라서 실례하겠습니다요."

"야."

갈 길을 가려던 난쟁이를 혼이 불렀다. 난쟁이는 흠칫 놀라며 혼을 돌아봤다.

"뭐, 뭡니까요?"

"우리가 길을 잃었거든. 길 좀 찾아줘. 그럼 네 심부름이 뭔지는 몰라도 우리가 사주지. 너도 좋잖아. 돈도 아껴서 용돈 하고."

"아, 그게 저기, 그게……."

난쟁이는 난처해 하다가 고개를 끄덕였다.

"그, 그럼 그렇게 하겠습니다요."

-어머머, 우리 죽음의 인도자님께서는 설마 어린아이가 취향이십니까아?-

머릿속에서 리첼리아의 목소리가 울려 퍼졌다. 사실, 아까부터 쉴새 없이 떠들고 있기는 했다. 대부분이 혼에게 달라붙는 천화에 대한 욕이었지만.

-안내역이라는 거 못 들었냐? 그리고 봐라. 나보다 다테가 더 좋아하는구먼.-

다테는 다시 모포를 쓰고 움직이는 난쟁이의 뒤를 쫄래쫄래 따라가고 있었다. 그건 천화도 마찬가지. 뭔가 버려진 혼은 한참 뒤에서 움직였다.

"근데, 근데. 너 이름이 뭐니?"

천화가 난쟁이에게 물었다.

"어, 제 이름은 야롱입니다요."

"야롱? 귀엽다!"

"고노야로?"

"나는 천화라고 해."

다테의 개그는 깔끔하게 무시당했다. 민망함에 기침하던 다테도 자기소개를 했다.

"난 다테라고 해. 저기 뒤에 나쁜 놈은 혼."

"아, 네."

야롱은 뭔가 불안한지 주변을 계속 살피며 걸었다.

결과적으로 말하자면 야롱의 도움을 받을 필요가 없었다. 혼 일행이 가고 있던 방향으로 조금 더 걸어나가니 슬슬 시내가 나오기 시작했다. 시내가 나오자 야롱은 골목길을 이리저리 왔다갔다하면서 혼 일행을 안내했다.

"어이, 큰길로는 안가?"

"이, 이게 더 빠릅니다요."

야롱은 급히 얼버무리고 계속해서 걸어갔다.

혼은 야롱의 행동에서 그녀의 현 상황을 파악할 수 있었다.

모포를 뒤집어쓴 것과 골목길로만 다니는 것. 이 두 가지로 보았을 때 누군가에게 들키면 안 되는 심부름을 하고 있을 가능성이 크다. 혹은 야롱 자신이 누군가에게 보이면 안 되는 상황이거나.

그런데도 안내를 성실하게 하는 것을 보면 악인은 아니다. 악인이라고 하기에는 순수함이 눈부실 정도로 뿜어져 나오고 있었으니까.

그렇다면 여기서 나오는 결론은 하나다. 야롱은 난쟁이 사회에서 왕따 비슷한 것을 당하고 있다.

"이, 일단 시내 중앙까지는 왔습니다요. 식당가는 그냥 쭉 가시면 됩니다요. 그럼 저는 이만."

야롱은 다시 종종걸음으로 멀어졌다. 혼은 그런 야롱을 불렀다.

"어이!"

"왜, 왜 그러십니까요?"

"수고비 받아가라."

혼은 100점짜리 점수 구슬을 야롱에게 던졌다. 입장료 정도면 충분한 보상이 될 것이다. 야롱은 슬쩍 고개를 숙인 뒤 다시 종종걸음으로 사라졌다.

난쟁이들이 가득 찬 식당 앞에는 이동용으로 사용하는

거인들이 멍하니 서 있었다. 식당 안은 난쟁이들의 크기에 맞춰져 있었는데 다행히도 구석에 인간용 식탁이 몇 개 놓여 있었다.

"아, 귀여웠는데."

"맞아요."

다테와 천화는 식당에 들어와서도 야롱에 대해 대화를 하고 있었다.

"납치해서 키울까?"

"그거 너무 위험한 발언 아니냐? 그보다 야쿠자가 왜 그렇게 어린 애를 좋아해."

혼의 말에도 다테는 고개를 절래 흔들었다.

"야쿠자는 원래 약자를 괴롭히지 않아. 오히려 보호하지. 현대판 의협이라고 할까. 그리고 난 이상하게 좋아하는 게 아니라 그냥 귀여운 게 좋아."

너무 진지하게 말하니 할 말이 사라진다.

난쟁이들은 매우 시끄러웠다. 안 그래도 말 많은 종족이 술까지 마시니 여기저기서 모베라에 대한 정보들이 들려왔다.

가만히 눈을 감고 음식을 기다리며 난쟁이들의 대화를 듣고 있던 혼의 귀에 한 단어가 꽂혔다.

"야롱이네 늙은이는 아직도 헛소리를 지껄이고 다녀? 저번에 애를 보니까 완전 기가 죽어있더구먼."

"야롱이만 불쌍하지 뭐. 가족이라고는 그 노인네 하나인데 미쳐서. 참."

어느 세계나 남의 이야기가 가장 좋은 안줏거리인 것은 맞는 모양이었다.

그 대화를 포착할 수 있었던 것은 혼뿐만이 아닌 듯싶었다. 천화와 다테의 시선도 야롱이에 대해 이야기를 하는 난쟁이들에게로 가 있었다.

"음식 나왔습니다."

앞치마를 한 여성 난쟁이가 양손에 주문한 음식을 가지고 왔다. 혼은 힘겹게 음식을 올리는 여자에게 물었다.

"야롱이라는 아이를 압니까?"

"웃차. 야롱이요? 유명하죠. 근데 그건 왜 물으시죠?"

"아, 여기까지 안내를 받았거든요."

"후, 불쌍한 아이지. 할아버지가 이상한 소리나 해대고. 부모는 그리 죽고. 어쨌든 맛있게 드슈."

중년의 여성은 혀를 차며 멀어졌다.

얘기를 종합해 보니 야롱이는 사람들의 동정 어린 시선, 그리고 할아버지에 대한 안 좋은 소문을 듣기 싫어 숨어 지내는 듯싶었다. 다테와 천화가 풀이 죽어 있을 동안에도 혼은 맛있게 음식을 섭취했다.

"왜 그래?"

"그냥 불쌍해서요."

천화가 미소와 함께 말했다.

가정사는 도와줄 방법이 없다는 것을 다테나 천화도 잘 알고 있다. 섣부르게 남이 건드릴 수 없는 부분이기도 했다.

"어쩔 수 없어. 둘 다 신경 쓰지 말고 밥이나 먹어라."

혼의 말에 다테와 천화는 무거운 고개를 끄덕였다.

❖

저녁 식사가 끝나고 혼 일행은 밖으로 나왔다. 절대 기억을 가지고 있는 천화는 야롱이 가르쳐 준 길 그대로 숙소로 돌아갔다.

"그나저나 이상한 상점들이 많네."

야롱이 알려준 길에는 알 수 없는 물건들을 파는 상점들이 많았다. 동물의 사체도 보였고, 눈알도 보였고, 또 색색의 액체를 담은 병도 보였다. 마치 동남아 주술 거리에서나 볼법한 광경이었다.

"야롱이도 이런 걸 사러 오지 않았을까요? 할아버지가 무슨 실험을 한다고 했으니……."

"아마도 그렇겠지."

혼은 나중에 한번 들러봐야겠다고 생각했다.

그렇게 길을 가던 중 일행은 구석에 주저앉아 있는 거시를 발견했다. 더러운 모포를 뒤집어쓰고 누워있는 거지는 어딘가 모르게 눈에 익었다. 혼과 다테가 그렇게 생각할 때 천화가 거지에게로 뛰어갔다.

"야롱아! 여기서 뭐 해?"

역시나 모포는 야롱이의 것이었다. 천화가 흔들었음에도 야롱이는 일어날 생각을 하지 않았다.

"많이 다쳤어요!"

야롱은 피투성이였다. 머리도 깨져있고, 팔도 어디 부러진 것만 같았다.

"빨리 혈석 먹여."

천화는 혈석을 물에 타 야롱이에게 먹였다. 상처는 사라지면서 야롱이가 정신을 차리기 시작했다.

"아……."

야롱이는 천화의 얼굴을 보고는 눈을 깜빡였다. 소녀는 잠시 주위를 두리번거리며 보더니 힘겹게 스스로 몸을 일으켰다.

"아, 어쩌지. 심부름을 똑바로 못했습니다요. 어떡합니까요?"

천화는 야롱이의 말에 울컥했다. 난쟁이라 정확한 나이는 알 수 없었으나 학교에 다녀야 한다는 식당 아줌마의 말로 미루어 보면 아직 어린 나이임에는 분명했다. 그런 그녀가 두들겨 맞고서 한다는 소리가 심부름을 못 해서 어떡하느냐?

"할아버지가 기다리고 계실 텐데요……."

"잠깐만, 야롱아. 누구한테 맞은 거야?"

천화의 질문에 야롱이가 머리를 긁적였다.

"잘 모르겠습니다요. 할아버지를 싫어하는 누군가가 아닐까 싶습니다요. 그런데 상처가 없다요. 얼마 안 맞은 거 같습니다요."

야롱은 좋아하며 미소를 지었다.

"혼씨, 가는 길도 똑같은데 데려다주고 가죠."

"그러던가."

혼은 무심하게 말하고 앞으로 걸어 나갔다. 천화는 다리를 저는 야롱이를 안아 들더니 성큼성큼 앞으로 걸어갔다. 야롱이는 민망한지 내려달라고 했지만 천화가 무시하자 이내 잠잠해졌다.

"할아버지는 뭐하시니?"

"할아버지는 굉장한 연금술사입니다요. 이번에 재료를 못 사서 큰일 났습니다요."

"점수 준건?"

앞서가던 혼이 묻자 야롱이가 풀이 죽었다.

"그게, 할아버지 주려고 들고 다니다가 잃어버렸다요."

무슨 일이 있는 것인지는 모르겠지만 아무래도 야롱을 안쓰럽게 보는 부류와, 좋지 않게 보는 부류가 나누어져 있는 듯싶었다. 야롱이가 모포를 덮고, 몰래몰래 움직이던 것은 단순히 동정의 눈길이 싫어서가 아니라 직접적인 해가 있기 때문이었다.

야롱의 집으로 가는 길은 매우 복잡했다. 미궁처럼 길이 복잡하다는 수준을 넘어서 마치 뫼비우스의 띠처럼 빙글빙글 도는 것만 같은 느낌이었다.

결국 한참을 돌고 돌아 야롱의 집에 도착했다. 혼은 길을 기억하는 것도 포기했다. 완전히 폐허가 되어버린 큰 건물 앞에서 야롱이 말했다.

"저기입니다요."

동화 속에 나오는 집처럼 아름다웠던 다른 난쟁이들의 집과는 달리 야롱의 집은 마치 폐건물을 연상케 했다. 사람이 살 것도 같지 않은 집. 천화와 혼이 집을 올려다볼 때 야롱이 고개를 숙였다.

"그럼 이제 그냥 가주시길 바랍니다요. 나가는 방법은 그냥 직진하시면 돼요. 이상한 말이겠지만,"

야롱이 정중하게 말했다.

야롱이 왜 어떤 이유로 미움을 받고 있는지는 모르겠으나 그녀는 천화나 혼, 그리고 다테가 자신과 엮이지 않았으면 하는 것이었다.

혼조차 잔혹하다고 생각할 정도로 두들겨 맞았던 야롱이었다. 아마 미움을 받는 원인이 뭔지 몰라도 굉장히 큰 일이라는 것임은 분명했다.

"그래, 알았어."

혼은 고개를 끄덕였다. 야롱이 수수께끼와 같은 말을 했지만 천화가 있기 때문에 돌아가지 못할 이유가 없었다. 천화와 다테는 걱정스럽게 아셀을 보며 손을 흔들었다.

"안됐네요."

"글쎄. 정확한 사정을 모르는데 안됐다고 할 수는 없지. 범죄자의 자식일 수도 있고."

-냉정하네요.-

가만히 있던 리첼리아가 말했다. 책망보다는 마치 놀리는 듯한 말투였다. 혼은 머리를 툭툭 쳤다. 그런다고 리첼리아의 목소리가 사라지지는 않지만.

야롱의 말대로 직진하자 숙소로 돌아가는 길이 보였다. 그 길에 거의 도착했을 때 뭔가 시야가 흔들렸다. 세 사람은 야롱이 튀어나왔던 벽으로 나올 수 있었다.

"벽이었네요?"

천화가 신기하다는 듯이 벽을 쳐다봤다. 분명히 아까까지만 해도 전방에 벽은 없었다. 도대체 어떤 원리로 야롱의 집이 숨겨져 있는지는 모르겠지만 쉽게 들어갈 수 없다는 것만큼은 알 수 있었다. 물론 천화가 있으니 다시 가려면 못 갈 것도 없지만.

"뭐, 상식이 상식이 아닌 곳이니까."

일행은 다시 숙소로 돌아가기 시작했다. 바람이 선선하게 불어오고 있었다.

"잠깐, 거기 거기."

지나가는 혼 일행을 향해 늙은 난쟁이가 말했다. 세 사람은 동시에 멈춰서 난쟁이를 쳐다봤다. 난쟁이의 뒤에는 보라색 피부의 거인이 서 있었는데 일반적인 거인들과는 다르게 매우 사나운 얼굴을 하고 있었다.

'살기다.'

"아까 갔던 곳 기억하나? 어디였는지 말이야."

"기억이 안 나는군. 워낙 복잡해서 말이야. 그쪽도 그걸 알고 물어보는 거 아닌가?"

지금까지의 정보 요약을 토대로 혼은 이 난쟁이가 야롱의 할아버지를 노리고 있다는 것을 알 수 있었다. 그러나 야롱이 없으면 절대로 갈 수 없다. 왜 야롱을 납치하지 않는지는 모르겠지만 어쨌든 연관돼서 좋을 것이 없어 보였다.

"아니, 아니. 오랜 친구가 틀어박혀서 나오지를 않아서 말이야. 야롱이가 자네들은 그래도 좀 믿는가 보네. 집까지 데리고 가주고."

"보고 있었으면 왜 따라오지 않았지?"

"하하하, 거기는 세 발자국만 떨어져서 걸어도 못 들어가. 길 잃어. 굶어 죽는다고."

난쟁이는 허허 웃으며 거인의 위에 올라탔다.

"엇차. 뭐 본론을 이야기하자면 야롱이를 잡아주는 건 어떤가?"

"그 꼬마 잡는 게 어려운가?"

"허허허, 어렵지. 어려우니까 부탁하는 거지."

그게 어렵다고? 이번에만 하더라도 누군가에게 맞아 피떡이 된 채 발견되었고, 아까는 다리에 걸려 넘어져 구르기까지 했다. 그 소심한 여자아이를 납치하는 건 마음만 먹으면 하루에 100번도 가능하다.

"어렵다라? 왜?"

"그건 워커가 알 필요 없고. 그냥 그 야롱이만 잡아주면 돼."

"우리는 끼지 않겠어. 그 야롱이라는 애를 잡아서 키우든지, 죽이든지 마음대로 하라고. 우리는 상관없는 일이니까."

혼은 냉정하게 말하고 몸을 돌렸다.

이 이상 파고 들어가면 골치 아픈 일에 끼어들게 될 것이 분명했다. 이득이 없으면 움직이지 않는다. 어렸을 때부터 혼이 고수해 온 행동방침이었다.

"아이구, 그럼 어쩔 수가 없지."

난쟁이는 거인이 목에 매고 있는 가방에서 주섬주섬 무인가를 꺼내더니 바닥으로 힘껏 던졌다.

-독극물입니다. 자동 방어합니다.-

리첼리아의 목소리와 함께 은색의 무언가가 목 뒤로부터 튀어나와 혼의 기관지를 막아주었다.

독극물은 바람을 타고 순식간에 혼 일행을 덮쳤다. 리첼리아가 방독면을 씌워준 혼은 괜찮았지만 다테와 천화는 어쩔 수 없이 독극물을 흡입할 수밖에 없었다.

"아하하하하. 자, 그걸 해독할 방법은 딱 한 가지. 나에게 있는 해독제를 먹는 것뿐이다."

다테와 천화가 기침을 하는 사이 난쟁이가 말했다. 혼은 정확하게 난쟁이가 들고 있는 해독제를 포착하고 신속을 사용했다.

승리를 확신한 순간은 가장 방심하는 순간이기도 하다. 난쟁이가 반응할 새도 없이 혼은 난쟁이가 들고 있던 해독제를 낚아챘다.

"그럼 해독제를 먹이면 되겠군."

다시 제자리로 돌아온 혼이 병을 흔들며 말했다. 난쟁이는 어처구니없다는 듯 빈손을 보더니 낄낄거리며 웃었다.

"이야, 워커들은 빨라. 너무 빨라. 근데 그거 해독제 아닌데?"

혼은 살짝 미간을 찌푸렸다.

"하하하하, 내가 설마 워커들 앞에서 진짜 해독제를 들고 다니겠어? 지금은 날 죽여도 못 얻어. 없거든. 해독제. 낄낄낄낄."

난쟁이는 한참을 웃다가 정색하며 말했다.

"야롱이라면 해독제랑 교환할 수 있는데. 어때? 잘 해보라고. 아, 그리고 너무 시간 끌지 마. 그거 독 하루면 폐가 썩기 시작하니까. 하하하."

난쟁이를 태운 거인이 몸을 돌려 멀어지기 시작했다. 한참을 콜록거리던 다테와 천화는 한 손으로 배를 부여잡고 있었다. 아직은 그렇게까지 고통스러운 것 같지는 않았지만, 저 난쟁이의 말이 사실이라면 시간이 많이 없는 것이 사실이었다.

"재수도 더럽게 없네."

혼은 머리를 쓸어올렸다.

◈

"역시나 혈석은 독을 없애지 못하네."

상처나 타박상을 치료해주는 혈석은 독에 속수무책이었다. 천화는 초재생을 가지고 있었기 때문에 독을 중화시켰는지 완전히 뻗은 다테에 비하면 훨씬 괜찮아 보였다.

“민망하네.”

다테가 뻘뻘 땀을 흘리며 말했다.

“이미 벌어진 일은 어쩔 수 없지. 그리고 천화도 괜찮은지 아닌지 확실하지 않고.”

초재생이 독을 중화시킨다는 것조차 가정일 뿐 확실하지 않았다. 혼은 결단을 내렸다.

“야롱이에게 가겠다.”

“혼씨.”

“방법이 없으니까. 그 늙은 난쟁이가 누군지도 모르고.”

“하지만 야롱이와 야롱이 할아버지는…….”

혼은 군주기 순간저장을 사용해 다테를 넣었다. 그리고 곧장 천화도 저장시켰다. 다행히도 한 사람만 담을 수 있는 군주기는 아닌 모양이었다. 다테와 천화가 사라지자 리첼리아가 말했다.

-그럼 이제 납치를 하러 가면 될까요?-

“시간이 촉박하니 빨리 움직여야겠지.“

순간저장의 능력 지속시간은 100시간일 것이다. 반지에 나타난 시간이 그것을 알려주고 있었다.

혼은 곧장 야롱이가 튀어나왔던 벽으로 향했다. 그리고 천화를 반지를 꾹 눌렀다.

-저장된 것이 두 개입니다. 무엇을 원하십니까?-

기계적인 여자의 목소리가 들렸다. 혼은 천화라고 머릿속으로 생각했다.

-유천화. 불러오겠습니다.-

반지가 확인을 마치고 천화를 다시 꺼내놓았다. 어벙한 얼굴로 반지에서 나와 주위를 둘러보던 천화는 그곳이 야롱이 튀어나왔던 벽임을 깨달았다.

"야롱이네 집으로 가자."

야롱이네 집으로 가는 방법은 혼이 알기로 두 가지다. 첫째는 야롱이를 잡아 안내를 시키는 것, 그리고 두 번째는 절대 기억을 가진 천화가 야롱이가 갔던 길을 그대로 다시 가는 것이었다.

"출구가 하나인지도, 또 심부름은 언제 나갈지도 모르지. 지금은 네가 야롱이네 집으로 가는 게 가장 빠른 방법이야."

"설마 집에 가서 납치하려고."

"아니."

혼은 고개를 절래 흔들었다.

"누가 납치한데?"

혼은 천화의 등을 떠밀었다.

"걔네 할아버지 연금술사라고 했잖아."

"네, 맞아요."

"그럼 뭔가를 알겠지."

천화는 그제야 깨달았다는 듯이 고개를 끄덕였다.

독은 연금술의 일부분으로 치부할 수 있다. 불로장생의 약이라는 엘릭서 같은 것을 만드는 것이 연금술의 최종목표라 했으니 독의 해독제 정도는 어떻게 만들어 낼 가능성이 충분했다.

게다가 십중팔구 어제 보았던 늙은 난쟁이도 연금술사일 확률이 높았다. 연금술사끼리의 분쟁, 뭐 그런 거에 휘말린 것이 아닐까.

"그럼 빨리 가 보죠."

천화는 망설임 없이 발을 뗐다.

천화는 야롱이 갔던 길 그대로 움직이기 시작했다.

"길을 가는 동안 생각을 해봤어요. 원리는 패턴이더라고요."

"패턴?"

"네, 패턴이요."

천화는 같은 길을 계속 돌고 있었다. 수십 번의 방향전환 이후 천화는 어느 벽 앞에서 멈춰섰다.

"여기까지 오면 이제 저희는 2단계가 되는 거예요. 다른 차원이라는 소리가 되죠."

마치 게임 스테이지를 깨는 것과 같다.

스테이지 1의 패턴을 깨면 캐릭터가 자동으로 스테이지 2 시작점으로 이동하는 것과 같은 원리였다. 그렇게 5

개 이상의 스테이지가 존재하는 것이다.

"맞아요. 그러니까 야롱이네 집은 모베라에 있으면서 모베라에 없는 거죠."

정확히 말하면 다른 차원에 존재하는 모베라에 있는 것이다.

수백 개에 해당하는 패턴을 천화가 패턴을 한 번에 전부 외워버렸기에 야롱이네 집에 가는 것이 가능했다.

그렇게 한참, 야롱이네 집이 눈앞에 들어왔다. 혼은 문으로 가 노크했다.

"계십니까?"

우당탕거리는 소리가 집 안에서부터 들려왔다. 창문으로 빼꼼 밖을 내다본 야롱이가 문을 살짝 열었다.

"어, 어떻게 오셨습니까요?"

"실례 좀 하마."

혼은 허락이 떨어지기도 전에 문을 열고 안으로 들어갔다. 야롱이는 안된다는 듯이 양손을 들며 휘저었지만 혼에게는 상관없는 일이었다.

"너 때문에 일이 좀 있었다."

"무슨 일입니까요?"

야롱이 걱정스럽게 혼을 올려다보았다. 천화는 그런 그녀와 눈높이를 맞추며 말했다.

"너희 할아버지한테 물어볼 게 있어서 왔어. 어디 계시니?"

"나를 찾아온 건가?"

지하로 내려가는 계단에서 대머리의 늙은 난쟁이가 올라왔다. 늙은 난쟁이는 부리부리한 눈과 매부리코를 가지고 있었다. 혼은 야롱이와는 완벽히 다른 외모의 난쟁이를 가리키며 말했다.

"이게 네 할아버지냐?"

"아따, 워커들은 예의라는 것이 없어. 어떻게 찾아 왔어? 이것들아. 오겹진은 그렇게 쉽게 뚫을 수 있는 게 아닌데 말이여."

"야롱이를 납치해 달라는 부탁, 이라기보다는 협박을 받았다."

혼의 말에 야롱이의 할아버지가 인상을 찌푸렸다.

"라질인가?"

"라질이 누군지는 모르겠지만 보라색 거인을 탄 미친 노인네더군."

"그게 라질이야. 그래서 어쩔 건가?"

"상황을 보려고 왔다."

혼은 주변을 살펴보다가 유치원에서 흔하게 볼 수 있는 작은 의자에 쭈그려 앉았다. 그리고는 반지를 꾹 눌러 다테를 꺼냈다.

"아야야."

누워있던 상태로 저장됐었던 다테는 바닥에 머리를 박

고 아파했다. 다테는 주위를 둘러보다가 야롱이를 발견하고는 한숨을 쉬었다.

"여긴 어디냐?"

"야롱이네 집이다."

"결국 왔네. 왔어."

야롱이는 다테가 갑자기 튀어나오자 놀랐는지 뒷걸음질 치다 벽에 수납장에 머리를 박았다. 야롱이의 할아버지는 도끼눈으로 다테를 쳐다봤다.

"부패의 독이구만."

"오, 바로 알아보네."

혼은 몸을 앞으로 내밀며 야롱이네 할아버지에게 말했다.

"난 말이야. 돈을 받고 하는 일은 하지만 협박당해서 하는 일은 웬만해서는 안 하거든. 그런데 그 라질이라는 놈이 해독제는 자신만 가지고 있다고 하더라고. 만약 할아범이 해독제를 만들 수 있다면 야롱이는 데려가지 않을 거야. 뭐, 못 만든다면 나도 선택권은 없지."

할아버지는 가만히 혼을 쳐다보다가 고개를 절래 흔들었다.

"부패의 독 해독제는 만들기 쉬워. 따라와라."

"알았다고. 할아범."

혼은 다시 다테를 반지에 저장했다.

"할아범이 아니다. 코렐이라고 불러라."

코렐은 그렇게 말하며 지하로 내려갔다.

지하에는 수많은 약물과 괴기한 동물들의 사체로 가득했다. 싱크대와 뭔가를 가열할 수 있는 화로까지 탑재된 철재 실험대가 있었고, 벽에는 수많은 인체 사진이 붙어 있었다.

"여기 눕히라고."

코렐은 구석에 박혀 있는 이동식 침대를 끌고 와 말했다. 난쟁이들이나 누울 수 있는 크기였기 때문에 다테의 상체만이 올라갈 수 있었다.

다테를 눕힌 혼은 벽에 붙어있는 그림들에 관심을 가지기 시작했다.

"거인의 인체도군."

"그렇지. 거인의 인체도지."

인간과 비슷한 몸을 가지고 있었지만, 굳이 말하자면 고릴라와 더 가까운 모습이었다. 코렐은 열심히 플라스크에 약물들을 섞은 뒤 다테에게 건넸다.

"자, 이거 마셔."

초록색에 뭔가 건더기도 둥둥 떠다니는 것이었다. 마셨다가는 하루가 아니라 지금 당장 죽어버릴 것만 같은 비주얼에 다테는 슬쩍 혼을 쳐다봤다.

"뭐해? 마셔."

"야, 네가 마시는 거 아니라고……!"

"덩치는 산만해서 겁은 많아서. 빨리 마셔!"

코렐이 억지로 다테의 입에 플라스크를 꽂았다. 다테는 눈을 질끈 감고 플라스크를 원샷했다.

"어, 이거 의외로 맛이 좋은데."

다 마신 다테가 입맛을 다시며 말했다. 천화가 걱정스럽게 다테를 보다가 화색을 띄우며 말했다.

"정말요?"

천화도 중독되었다고 코렐이 말했으니 그녀도 꼼짝없이 그 물약을 마셔야 할 판이었다. 맛이 좋다는 건 그나마 듣던 중 반가운 소리다.

"어, 약간 소다맛도 나는……! 끅! 껙!"

갑자기 다테가 몸을 비틀더니 혀를 내밀며 뒤로 넘어갔다. 그 모습을 바로 앞에서 본 천화는 깜짝 놀라 뒤로 자빠졌다.

"다테씨! 다테씨!"

"내버려둬. 일단 독이 퍼지는 걸 막는 약이야. 좀 강한 약이라 원래 그렇게 돼."

코렐은 대수롭지 않다는 듯이 말했다. 혼은 다테의 눈 위로 손을 흔들어보다가 일단 고개를 끄덕였다.

"일단 얘는 잘못돼도 상관없으니까."

"저, 근데 저도 먹어야 하나요? 만약 먹어야 하면 혼자 있는 곳에서 먹고 싶은데."

천화가 조심스럽게 손을 들었다. 코렐은 고개를 절래 흔들었다.

"보니까 아가씨는 독이 안 퍼지는 체질인 거 같은데. 그래도 부패의 독은 끈질긴 놈이지. 아직 코어 포이즌은 몸 안 어딘가에 있을 거야. 그걸 없애는 데는 5일 걸린다."

"그래서 독이 퍼지지 않는 약을 먹인 거군."

"아, 그놈 똑똑하네. 맞아. 맞아. 독이 퍼지면 하루 만에도 죽어버리는 독이니까. 근데 코어를 없애는 데에는 5일이 걸려. 그럼 일단 독이 퍼지는 걸 막아야겠지."

코렐은 혼자 멀리 떨어져 서 있는 야롱이에게 말했다.

"야롱아. 치료하는 데 필요한 게 있으니 뭘 좀 사와야겠다."

"알겠습니다요."

"아, 그럼 같이 갈게."

천화가 벌떡 일어나며 말했다. 어제저녁에도 누군가에게 두들겨 맞은 야롱이었다. 그런 야롱을 잡겠다고 독까지 살포한 늙은이까지. 솔직히 말하면 심부름을 시키는 코렐이 정상인지조차 의심스러울 정도였다.

"아니, 내가 같이 가지."

혼이 몸을 일으켰다.

"넌 환자니까 여기 있어. 그리고 보디가드를 해도 내가 더 잘할 테고."

"아닙니다! 괜찮습니다용. 저 혼자 잘합니다용."

"데려가 봐."

코렐이 혼을 바라보지도 않은 채 말했다.

"손녀를 부탁하지. 그리고 이거 가지고 가."

코렐은 혼에게 보라색 물약 4개와 빨간색 물약 2개를 건넸다. 보라색 물약에는 투명이라고 적혀 있었고, 빨간색에는 전이라고 적혀있었다.

"이게 뭐지?"

"아! 보면 모르느냐? 약이잖아. 약."

"그러니까 무슨……"

"후딱후딱 갔다 와."

혼은 고개를 절래 흔들고 야롱과 함께 집을 나섰다.

"할아버지가 괴팍하셔서. 죄송합니다용."

"죄송할 일 있나. 치료만 똑바로 해주면 돼."

야롱은 모포를 뒤집어쓰고 종종걸음으로 이동했다. 야롱의 집에서 시내로 가는 길은 인적이 드물었기 때문에 상관이 없었지만, 상점가가 가까워질수록 눈에 띄는 난쟁이들의 숫자가 늘어났다.

야롱은 모포를 벗어 주머니에 넣고 보라색 물약을 꺼내 마셨다.

"손잡고 있을 테니까 따라오세요."

야롱의 모습이 사라졌다.

투명이라고 적힌 물약은 말 그대로 모습을 감추게 해주는 것이었다. 신기하게도 야롱의 옷마저 전부 투명이 되었다.

야롱은 혼의 손가락 하나를 잡고 있었다. 혼은 혼자 다니는 것처럼 주변을 둘러보며 야롱이 끄는 방향으로 이동했다.

야롱은 또 꼬불꼬불하게 길을 들어갔다. 마치 야롱의 집에 갈 때와 같은 방식이었다. 패턴으로 만들어진 스테이지.

"여기입니다요."

야롱과 혼이 도착한 곳은 마치 정육점처럼 핑크빛이 감도는 한 가게였다. 투명 물약의 효과가 떨어져 다시 모습을 드러낸 야롱은 망설임 없이 문을 열고 가게 안으로 들어갔다.

"저기, 심부름 왔습니다요."

가게 안에는 경극 화장을 한 난쟁이가 앉아있었다. 난쟁이는 야롱을 보더니 계산대에서 뛰어나와 야롱의 얼굴에 자신의 얼굴을 비볐다.

"어이구, 야롱이 왔네!"

"으응. 필요한 건 이겁니다요."

야롱은 코렐에게서 받은 종이를 내밀었다. 주인아줌마

는 그제야 야롱에게 떨어져서 쪽지를 확인했다. 야롱은 볼에 묻은 화장을 손으로 비벼 닦아내며 울상을 지었다.

"으흠, 으흠. 그래. 다 있는 거네. 해독제 만드나 봐?"

"맞습니다요. 그리고 어제 사 갔던 것도 사가야 합니다요."

아줌마는 야롱을 안쓰럽게 쳐다보더니 아무 말 없이 고개를 끄덕였다. 야롱을 노리고 있는 자들의 정체를 경극 아줌마도 잘 알고 있었기 때문이다.

"야롱아, 이건 창고에 있는 건데. 가서 가져올래? 약초라 찾기 쉬울 거야."

"네. 알겠습니다요."

야롱은 열심히 뛰어 창고로 내려갔다.

"그나저나, 이 멋쟁이 워커분은 누구시래?"

경극 아줌마가 혼을 흐뭇하게 쳐다보며 말했다.

-신변에 위험이 느껴집니다. 조심하십시오.-

리첼리아가 장난기 섞인 목소리로 혼에게 말했다. 혼은 한숨을 내쉬고 말했다.

"어째서 다 숨어 사는 거지?"

"숨어 살다니. 원래부터 이곳에 살았었어."

경극 아줌마는 쓸쓸하게 미소를 지었다.

"남은 사람이 우리밖에 없어서 그렇지."

"무슨 뜻이지?"

"다 죽었다는 소리지. 보아하니 이 해독제가 필요한 건 당신 같은데 그럼 어느 정도 사정은 눈치를 챘겠지?"

"뭐 이렇게 숨어 지내는 당신들을 노리는 자들이 있다는 것쯤은 알겠네."

"레드 핸드."

경극 아줌마가 혼을 돌아보며 말했다.

"레드 핸드의 워커들을 조심해."

혼은 인상을 찌푸렸다. 경극 아줌마의 말에 따르면 지금 모베라에는 제노사이드와 메이즈 헌터를 제외한 제3의 길드. 레드 핸드라는 길드도 있다는 것이다. 게다가 조심하라니, 그 말은 레드 핸드 길드가 공격적인 성향을 띠고 있다는 것도 의미하고 있었다.

혼은 작게 중얼거렸다.

"레드 핸드라……."

NEO MODERN FANTASY STORY & ADVANTURE

메이즈 헌터

Maze Hunter

6

혼과 전투를 치른 다음 날.

리젤은 의회의 회의실로 향하고 있었다. 벌써 6개월, 야롱이라는 꼬마를 잡지 못하고 헤매고 있었다. 어제저녁에는 거의 잡았다는 보고를 들었지만 거의 잡았다는 말은 놓쳤다는 말이나 다름이 없었다.

회의실 앞에서 리젤은 한숨을 쉬었다.

"쯧, 개 같은 워커놈들."

리젤은 마지막으로 속에 있던 말을 중얼거린 뒤 회의실 문을 열었다.

"벌써 와계셨습니까? 레드 핸드 여러분."

회의실에는 두 명의 워커가 앉아 있었다. 긴 머리를 높게 포니테일로 묶은 동양 여자와 갈색 머리의 서양 남자였다. 동양 여자는 가죽옷에 품에는 자기 키만 한 장검을 안고 있었고, 서양 남자는 흰색 양복을 입고 있었다.

레드 핸드. 그것은 두 사람이 속한 길드의 이름이었다. 그리고 현재 모베라에서 큰 영향력을 휘두르는 길드이기도 했다.

"그래, 리젤. 내가 말이야. 정말 답답해서 집에 있을 수가 없더라고. 알아?"

서양 남자는 리젤을 노려보다가 피식 웃었다.

"그 반란분자의 손녀는 잡았어?"

"그게, 워낙 많은 물약을 사용하기도 하고, 또 신출귀몰하기 때문에 애를 먹고 있습니다만 곧, 정말 곧 잡아 올리겠습니다."

"못 잡았네. 뭔 말을 그렇게 길게 해."

서양 남자는 고개를 절레절레 흔들더니 리젤에게 걸어가 눈높이를 맞추었다. 키가 190은 넘는 거구가 난쟁이 앞에 서니 정말로 거인처럼 느껴졌다.

"이봐, 이봐. 네가 지금 그 자리에 어떻게 올라갔는지 알지?"

리젤은 고개를 끄덕였다.

"우리 레드 핸드가 얼마나 많은 지원을 했는지 기억하라고. 쉽잖아. 반란 분자만 잡으면 아주 편하지. 걸림돌이 없어요. 걸림돌이. 알았습니까? 리젤 연금술사장."

"맞습니다. 그 말 그대로입니다."

리젤은 쩔쩔매며 식은땀을 닦았다. 서양 남자는 쯧쯧하고 혀를 찼다.

"뭐, 그건 부가적인 이야기일 뿐이고. 우리가 이렇게 회의를 부탁한 이유는 말이야."

남자는 책상에 앉아 몸을 앞으로 내밀었다.

"새로 들어온 워커가 있다며. 그놈들 길드는 알아?"

"아, 그놈들 말입니까? 안 그래도 그놈들이 야롱과 접촉을 하고, 또 집까지 갔던 거 같아 이미 한번 만나보았습니다. 곧 있으면 그들이 야롱을 잡아 바칠 것입니다."

"아니, 아니. 난 그걸 물어본 게 아니야. 그놈들 소재지를 파악하라는 거지."

"그냥 숙소에 있지 않을까."

"3명밖에 없더군. 분명 6명이 들어온 줄 알았는데 말이야. 그것도 숙소에 있는 게 아니라 도시에서 나가는 걸 잡았지."

도시에서 나가던 것은 제노사이드였다. 루시오를 비롯한 헥터와 엘리아는 딱 하루만 모베라에 머물고 다시 미궁으로 나갈 생각이었으니 말이다.

"그렇습니까? 일은 잘됐습니까?"

"아니, 회유하지도, 죽이지도 못했지. 도망쳤어. 빠르더라고. 원을 팍 쏘고는 도망치던데? 뭐, 할 일도 있고 해서 따라가지는 못했지만 말이야. 아, 모베라 일만 아니었어도 따라가 죽였을텐데. 그지? 유키카제?"

남자는 아쉽다는 듯이 말했다. 유키카제라 불린 여자는 그저 눈을 감고 앉아 있을 뿐 대답하지 않았다.

"그래서 나머지 세 놈은 꼭 회유하던가, 죽여야지. 다른 길드한테 줄 수는 없으니까."

본격적인 미궁 세계는 넓고, 워커는 적다. 3성급 오버로드를 반대편의 미로에서 죽이고 넘어오는 워커들은 손에 꼽았다. 그렇기 때문에 그들은 굉장히 중요한 인재였다.

레드 핸드뿐만이 아니라 다른 대형 길드들은 전부 이제 막 넘어온 신규 길드를 회유하거나 제거한다. 이는 다른 길드에게 빼앗기지 않기 위한 극단적인 전략이었다. 경쟁 길드에 워커가 하나라도 더 생기는 것은 절대로 용납할 수 없는 일이기 때문이다.

"그거라면 걱정 안 하셔도 될 거 같습니다. 이미 녀석들은 부패의 독에 중독되었으니까요. 곧 저를 보러 올 것입니다."

"웬일로 할 줄 아는 건 물약 만드는 거밖에 없는 리젤이 그렇게 훌륭한 일을 했어? 대단한데. 박수. 야, 유키카게. 뭐해? 박수."

여자는 살짝 짜증이 났는지 눈을 감으며 한숨을 쉬고는

박수를 쳤다. 리젤은 고개를 숙이며 미소를 지었다.

"용건이 끝나셨다면 저는 이만 가보도록 하겠습니다."

"어, 그래 연금술사장. 꼭 그 워커놈들 만날 때 나랑 유키카제 부르고. 난 기다리는 거 별로 안 좋아해. 알았어?"

"명심하겠습니다."

리젤은 다시 방문을 열고 나가며 한숨을 쉬었다.

◈

야룡의 집.

혼은 정보를 최대한 모으고 있었다.

먼저 군주기 순간저장의 스펙을 살펴보았다. 순간저장은 저장할 수 있는 물건 개수의 한계는 없는 듯싶었다. 실험 삼아 장작을 저장해 보았는데 100개까지 무리 없이 들어갔다. 그러나 물건 저장 능력은 창고가 있으므로 사용할 일이 거의 없다.

중요한 것은 인간 저장이었다. 한 가지 알아낸 것은 같은 길드가 아니면 저장할 수 없다는 것이었다. 그리고 설사 같은 길드라 할지라도 상대가 사전에 저장을 거부하는 말을 하면 저장이 불가능해지는 것이었다.

즉 적을 저장해 격리한다는 작전은 불가능한 것이었다.

야롱의 집 앞 커다란 공터. 혼은 레드 핸드 길드의 정보를 찾기 위해 신문을 펼쳤나. 그다지 많은 신문을 볼 것도 없이 레드 핸드라는 이름은 쉽게 찾을 수 있었다.

“7대 길드와 3개의 왕국.”

현재 미궁에 존재하는 길드의 개수는 100개가 되지 않는 것으로 보였다. 그중 가장 거대한 7개의 길드를 7대 길드라 불렀고, 레드 핸드는 당당하게 7대 길드 마지막 자리를 차지하고 있었다.

3개의 왕국이라는 것은 길드를 넘어서 왕국을 일구어낸 워커들의 모임을 뜻했다. 안전지대를 보호해주며 살아가는 다른 길드들과는 달리 안전지대 하나 이상을 지배하는 길드는 왕국으로 불렸다.

즉 현재 메이즈 헌터의 전력으로는 상대도 안 되는 길드가 이 세계엔 10개나 있는 것이다. 트라이 마스터가 우글거리고 미궁의 종족을 병력으로 삼는 그런 길드가 말이다.

“그리고 그중 하나가 레드 핸드고. 우리를 노리고 있다는 거네.”

신문의 토막 상식.

최초의 미궁에서 넘어온 신규 길드의 평균 생존시간은 1주일이라는 것이다. 나머지는 다른 대형길드에 흡수를 당하던가, 죽던가, 둘 중 하나라는 것이다. 즉 대형길드는 소형 길드를 흡수하며 더욱 힘을 늘려가고, 만약 회유할 수 없다는 죽인다는 것이다.

-레드 핸드는 6개월 전부터 모베라를 보호해주고 있습니다.-

"알고 있었으면 빨리 말해."

-어머, 모베라에서 우리 처음 만난 사이잖아요. 그때 말해봤자 소용 있나요?-

쿵! 쿵!

혼의 눈앞에는 두 명의 거인이 활발하게 움직이며 운동을 하고 있었다. 다른 멍해 보이는 거인들과 다르게 두 거인은 웃을 줄도 알았고, 또 서로 대화까지 나누었다.

"보기 좋지 않나?"

코렐이 혼에게 말했다.

"다른 거인들은 멍해 보이던데 말이야. 조금 다르군. 머리 스타일도 좀 다르고."

빡빡 민머리인 다른 거인들과 달리 코렐의 거인들은 모히칸 머리와 장발이었다. 코렐은 혼의 말에 웃으며 대답했다.

"지들이 저렇게 해달라는 걸 어찌하누. 하하하."

코렐은 그렇게 한참을 웃다가 대뜸 혼에게 말했다.

"치료되면 나가. 몰래. 밤에 조용히."

"뭘 좀 아시나?"

"레드 핸드가 오고 나서 모베라는 바뀌었어. 원래는 저들,

오거와 우리 난쟁이들은 지금 네가 보는 것처럼 살았었지."

"그런가? 내가 본 오거라는 녀석들은 진부 멍하니 하늘만 보던데 말이야."

"그래, 그게 바뀐 점이네. 리젤이라는 친구 봤지?"

"봤지. 독 뿌리고 간 테러리스트."

"그 친구도 원래는 뛰어난 연금술사였네. 오거한테 딸이 죽기 전까지는 말이야."

연금술사의 도시.

그것은 모베라의 다른 이름이었다. 탐구심이 많은 난쟁이들은 새로운 학문에 손을 대기 시작했고, 연금술은 매우 흥미롭고 또 끝이 없는 학문이었다.

오거들은 멍청했지만 순수했다. 그들은 난쟁이들이 잘하지 못하는 공사나 허드렛일을 맡아서 했고, 또 난쟁이들은 오거의 멍청한 두뇌를 대신해 사회를 구축하고, 도시를 설계했다.

그러는 와중에도 오거 문제는 항상 난쟁이들의 골칫거리였다. 오거들은 대부분의 경우 문제를 일으키지 않지만 극심한 스트레스를 받으면 눈에 뵈는 것이 없어지기로 유명했다.

그러므로 난쟁이들은 오거들의 비위를 맞춰줘야 했다. 결국, 난쟁이들은 오거들을 배려하고 살아가야 한다는 파와 나머지는 오거들의 자아를 뺏고 문제의 싹을 없애야 한다는 파로 나뉘었다.

코렐은 오거와 공존해야 한다는 파였다.

“오거들은 착해. 웬만한 일로는 화를 내지 않지. 그런 오거들이 폭발할 정도라면 그건 친구에 대한 배려도 없던 것이야.”

코렐의 주장은 타당했다. 실제로 오거로 인한 사고는 일 년에 한 번, 그것도 이유가 명확한 것들뿐이었다.

한 달 내내 극심한 노동에 시달린 오거의 식사를 제대로 챙겨주지 않는다던가, 병에 걸린 오거를 병원에 데려가 주지도 않는다던가.

전부 난쟁이의 이기심에서 시작된 재앙이었다. 오거들은 순수해 난쟁이들의 부탁을 전부 들어주고, 약간의 손해도 감내하지만, 무시 받는다는 것을 모를 만큼 머저리는 아니었다.

그러나 리젤은 격하게 반대했다. 그의 딸과 손자가 오거의 손에 죽은 일이 있기 때문이다. 오거가 리젤의 딸과 손자를 죽인 것에는 이유가 있었으나 그럼에도 살인은 살인이라는 것이 리젤의 주장이었다.

리젤의 주장도 일리가 있었다. 살인은 어쨌든 살인이었다. 무슨 일이 생기든 그것은 변하지 않았다.

하지만 오거 하나가 살인을 저질렀다고 전체 오거의 자유를 빼앗을 수는 없었다.

코렐을 수장으로 한 인권주의파와, 리젤을 수장으로 한 안전주의파의 힘 싸움은 끝날 줄을 몰랐다.

"그래도 인권주의파가 이기기 시작했지. 왜냐면 아직 오거들을 완벽하게 통제할 수 있는 물약이 없었거든. 리젤이 만들긴 했지만, 완성품이라고 하기에는 뭐할 정도로 불안정했으니까."

그리고 레드 핸드가 모베라에 도착했다.

레드 핸드가 도착한 뒤 오거의 범죄율은 급속도로 치솟기 시작했다. 왜인지는 알 수 없었으나 그 덕분에 안전주의파의 주장이 더욱더 힘을 받았다.

결국 인권주의파가 지면서 오거들의 자유가 사라졌다.

"그런데 왜 숨어 있는 거지?"

"그건 딱히 알 필요 없지 않나? 왜 알면 도와줄 건가."

"사양하지."

"그럼 더 물어보지 마."

코렐은 커흠 하고 기침하며 다시 집으로 돌아갔다.

5일 동안 혼은 야롱의 집에서 지냈다. 밖으로 괜히 싸돌아다니다가 레드 핸드에게 걸리면 전투를 피할 수 없기 때문이다. 정확히 5일 만에 다테와 천화의 치료가 끝이 났다.

"'이제 몸 안에 독은 남아있지 않네."

"감사합니다. 코렐 할아버지."

천화는 고개를 숙이며 말했다. 그동안 천화와 많이 친

해진 야룽은 아쉬운 표정으로 손을 흔들었다.

"당장 나가. 그편이 너희한테 좋을 걸세."

"새겨듣죠."

그렇게 코렐과 야룽을 뒤로 하고 혼 일행은 길을 나섰다.

길 바로 앞에서 혼은 멈춰선 뒤 사방을 살폈다. 리젤은 아마 혼이 코렐에게 향한 것을 알고 있을 것이다. 독을 해독시키기 위해서는 뛰어난 연금술사가 필요했다. 리젤은 현재 모베라 최고 연금술사라 불리는 남자였다. 그의 독을 중화시킬 수 있는 것은 그와 비슷한 수준의 연금술사, 코렐밖에 없었다.

고개만 벽으로 빼꼼 내밀고 사방을 훑어본 혼은 먼저 밖으로 나갔다.

"아무도 없네."

다테와 천화가 차례대로 튀어나왔다. 혼은 곧장 출구로 향할 생각이었다. 레드 핸드가 이 모베라에 있는 것을 안 이상 한시라도 바삐 도시를 빠져나가야 했다.

상황을 이미 전해들은 천화는 야룽이에게 미리 출구로 가는 길을 설명 들었다. 세 사람은 누가 눈치라도 챌세라 빠른 걸음으로 걸었다.

모베라의 출구 겸 입구는 총 3개였다. 하나는 혼이 들어왔던 곳. 그곳은 철문으로 막혀 있어 만일 레드 핸드가 대기하고 있다면 조용히 빠져나가는 것은 거의 불가능하다고 볼 수 있었다.

나머지 두 곳 중 하나는 산으로 연결되어 있었기 때문에 만약의 경우에도 도망을 칠 수 있는 곳이었다. 메이즈 헌터 길드는 그 출구로 향하고 있었다.

“어딜 그렇게 급하게 가시나? 우리 신참 여러분.”

10분 쯤 걸었을까?

뒤쪽에서 한 남자가 메이즈 헌터를 불러 세웠다. 뒤를 돌지 않아도 그 남자가 누군지 알 수 있을 것만 같았다.

-두 명입니다.-

리첼리아의 말이 머리에 울려 퍼졌다. 혼은 몸을 돌려 서양 남자와 동양인 여자와 마주했다.

“레드 핸드다.”

전투준비를 하라는 뜻이었다. 천화는 용의 무구를 꺼내 들었다. 혼에게는 이제 리첼리아가 있었기 때문에 주무기는 필요가 없었다. 감정에 반응하는 용의 무구는 오히려 천화에게 더 잘 어울릴 것이다.

“이야, 말도 안 했는데 싸울 기세 만만이네. 유키카제. 요즘 신참들 왜 저러냐? 우리 때는 7대 길드원이 오면 딱 무릎 꿇고 받아주십시오! 했는데 말이야.”

남자는 침을 튀기며 떠들다가 공중에서 채찍을 하나 꺼냈다.

“자, 자. 난 싸우려고 온 게 아니야. 그냥 제안을 하나

하러 온 거지. 그렇지 유키카제.”

유키카제는 가만히 혼을 노려보고 있을 뿐 남자의 말에 대답하지 않았다.

“내 이름은 드라커. 레드 핸드의 참모장을 맡고 있다. 이쪽은 유키카제. 내 보디가드지.”

“볼 일은 뭐지?”

“단순해. 레드 핸드에 들어와라.”

“들어가면 어떤 역할을 맡게 되지?”

“뭐, 사냥도 하고, 또 전투도 하고. 대충 그런 역할이지. 능력을 인정받으면 승진도 한다고. 어때? 좋은 길드지?”

레드 핸드라는 거대 길드에 들어가는 것까지는 좋다. 거기서 맡는 역할이 중요할 뿐이다.

사냥이라는 것은 최초의 미궁에서도 일상생활이었기 때문에 상관이 없다. 하지만 전투라는 부분이 걸렸다.

길드간의 전투는 치열하다. 트라이 마스터가 즐비한 이곳에서는 괴수들과의 전투보다도 위험할 수 있었다.

즉 레드 핸드가 원하는 것은 병사였다.

“배분은 어떻게 되지?”

“뭐, 그런 게 중요하나? 안전하다는 게 중요하지. 그지? 유키카제.”

드라커는 대답을 회피했다.

대형 길드는 그만큼 워커의 수가 많기 때문에 대형 길

드일 것이다. 물론 정예 3, 4명으로 이루어진 길드일 확률도 있었으나 레드 핸드는 참모장이다, 보니가드다, 이렇게 역할을 부여할 정도였으니 적어도 두 자릿수의 길드원을 가지고 있을 것이다.

만약 레드 핸드의 길드원이 20명이라면 공정하게 나눈다 하더라도 사냥으로 얻는 점수의 5%를 배분받게 된다. 1000점이 50점이 되는 것이다. 그것도 공정하게 나눌 경우다.

게다가 사냥은 신참의 역할. 아마 고위 간부들은 손가락 까딱하지 않고 점수를 먹고 있을 것이다.

"거절한다면?"

"뭐, 모든 워커들은 적이니까. 어쩔 수 없이 작별 인사를 해야겠지. 이 세상하고."

드라커는 아쉽다는 듯이 말했다.

"난 싫다. 이렇게 파릇파릇한 신참들이 미궁의 진정한 재미를 느끼지도 못하고 죽는다는 게 말이야."

"그, 그럼 봐주시는 것도 좋을 거 같은데."

천화가 눈치를 보다 말했다. 드라커는 그런 천화를 어이없게 쳐다보다가 유키카제의 어깨를 쳤다.

"쟤 뭐라니? 하하하. 뭐 그래서 어찌할 거야?"

"거절하지."

혼은 딱 잘라 말했다.

레드 핸드에 들어가서 다른 길드의 트라이 마스터와 싸

우느니 지금 이 자리에서 저 두 사람을 따돌리는 편이 나을 것이다. 길드를 들어갔다가 탈퇴하는 방법도 있지만 길드를 가입하면 위치가 지도에 공유되기 때문에 좋은 방법은 아니다.

게다가 길드 측에서는 본보기를 보이기 위해 가입했다가 탈퇴를 하는 이들을 무조건 잡아 죽여야 하므로 위험은 배가 된다.

"하아, 나 진짜. 이로써 또 하나, 아니 세 개의 목숨이 이슬처럼 사라지는구나."

"그럼 이제 죽이면 되겠지?"

유키카제가 처음으로 입을 열었다. 그녀는 검을 감싸고 있던 천을 풀어 던진 뒤 앞으로 걸어갔다.

"그래, 그래. 유키카제. 살살 죽이라고. 살살."

혼은 유키카제의 모습에 살짝 소름이 돋는 것을 느꼈다. 엘리아를 만났을 때와 비슷한 느낌이었다.

"리첼리아."

혼이 말하자 몸속에서 은빛 머리칼의 여자가 튀어나왔다. 리첼리아를 본 유키카제가 잠시 발걸음을 멈추었다. 가면이라고 생각될 정도로 표정 변화가 없던 유키카제의 얼굴이 조금 일그러졌다.

"야, 야, 야, 야. 그거 뭐야?"

드라커가 호들갑을 떨었다.

“저거 그거 아니야? 왜 인도자들한테만 준다는 그!”

“시끄럽습니다.”

유키카제가 드라커를 쏘아보았다.

“어차피 지금 죽이면 상관없는 일 아닙니까.”

리첼리아는 흡족한 미소를 지으며 드라커와 유키카제의 반응을 보았다.

“너 그렇게 유명했냐?”

“네, 맞습니다. 원으로 사람을 소환하는 건 인도자밖에 없으니까요.”

“그런 건 빨리 좀 말해라.”

혼은 혀를 찼다. 괜한 정보가 레드 핸드에 들어가면 골치가 아파진다. 반응을 보아하니 인도자라는 타이틀은 꽤 인정받는 타이틀인 듯싶었다.

최대 다섯밖에 없는 것이니 당연한 일이 아닐까.

“천의 무기, 일루미나.”

리첼리아는 은색의 검으로 변해 혼의 손으로 들어갔다. 유키카제는 마치 땅을 훑듯 장검을 내려 잡았다.

“다테, 천화. 드라커라는 남자를 잘 봐라. 발을 묶어 놔.”

“알겠습니다.”

천화와 다테는 고개를 끄덕이고 옆으로 물러섰다.

유키카제는 신중했다. 혼은 일반적인 각성자가 아니었다.

현재 세상에는 3명의 인도자가 존재한다. 그 3명의 인도자는 각각 3 왕국의 지도자, 혹은 실세로 자리 잡고 있었다.

인도자라는 것은 미궁의 역사를 바꿔버리는 워커들이다. 인도자에게는 보좌를 위한 천사들이 존재한다고 말한다. 그 천사들은 인도자의 몸 안에 살며 그들의 전투력은 일반적인 트라이 마스터와는 비교가 안 될 정도로 강력하다고 했다.

실제로 보는 것은 처음이지만 소문이 사실이라면 혼은 인도자다. 그리고 리첼리아라고 불린 그 여자는 절대로 얕볼 수 없는 상대였다.

"부스트."

유키카제는 혼을 노려보다가 신체 능력을 폭발시키며 달려들었다.

부스트는 신속과는 다른 속도계열의 능력이었다. 전신을 폭발시키듯 강화시키는 능력으로 강화 면에서는 그 어떤 능력보다 효율이 뛰어났다.

속도만을 강화하는 신속과는 다르게 전신의 힘을 강화시키기 때문에 부스트를 사용한 일격은 상상할 수 없을 정도의 위력을 냈다.

유키카제의 장검이 바닥을 휩쓸고 상승해 혼의 목을 노렸다. 혼은 일루미나로 그 공격을 막아냈다.

펑!

엄청난 충격파가 생기고 혼이 날아갔다. 한참을 날아간

혼은 벽에 충돌하고 나서야 멈출 수 있었다.

–오우, 짜릿해. 갈 뻔했지 뭐에요?–

혼의 머릿속에 리첼리아의 싼 농담이 울려 퍼졌다.

"그런 말 좀 안 하면 안 되나? 전투 중인데 말이야."

–인도자님이 너~무 진지해서 그렇죠. 저라도 이렇게 농담을 해야 재밌지 않겠어요?–

"그래, 마음대로 해라. 근데 넌 뭘 할 수 있지?"

–여러 가지가 가능하죠. 하지만 지금은 인도자님이 너무 약해서 할 수 있는 것이 많이 없네요.–

"약하단 소리는 처음 듣는군."

혼이 피식 웃을 때 리첼리아가 말을 더했다.

–뭐 대충 이런 건 할 수 있죠.–

그와 동시에 일루미나의 검신이 반으로 갈라졌다. 두 가닥이 된 검신은 마치 와이어가 사출되듯 앞으로 날아갔다. 유키카제는 혼의 공격을 막아내며 뒤로 물러났다. 하나 일루미나는 끈질기게 유키카제를 따라갔다.

혼은 꿈틀거리며 공격하는 일루미나를 보며 중얼거렸다.

"이상한 능력이군."

–천의 무기니까요. 천 가지의 무기.–

"그럼 단검으로 변할 수 있나? 두 개로."

–불가능할 건 없죠.–

일루미나는 빛을 내더니 두 자루의 단검으로 변했다.

혼은 그 상태로 숨을 돌리고 있는 유키카제에게 달려들었다. 신속과 전투악귀. 그 두 개의 능력이 있는 혼은 유키카제를 빠르게 몰아붙였다.

"크윽."

유키카제는 방어하기에만 급급했다. 단검에게 접근전을 허용한 이상 긴 장검으로는 어찌할 방법이 없었다.

혼은 얕볼 수 없는 상대였다. 유키카제는 나름 레드 핸드에서 참모장을 지키기 위해 파견을 할 정도의 강자였다. 비록 아직 무기 능력과 원을 사용하지 않았지만 혼에게 밀린다는 것은 굴욕적인 일이었다.

"부스트."

유키카제는 거리를 벌리기 위해 뒤로 부스트를 썼다.

"검의 지평선."

거리를 벌린 유키카제가 장검을 크게 휘둘렀다. 혼은 일루미나를 들어 올려 방어하려고 했다. 그런데 그 순간 일루미나 상태였던 리첼리아가 본체로 돌아오더니 칼날 날개로 혼을 덮었다.

챙!

공중에 살짝 떴던 유키카제가 떨어지는 순간, 근처에 있던 빌딩들과 벽이 가로로 잘려 쓰러지기 시작했다.

시야를 가리던 칼날 날개가 사라지고 혼에게도 그 풍경이 들어왔다.

유키카제의 무기 능력 검의 지평선. 그것은 검기를 날려 앞에 있는 모든 것을 잘라버리는 능력이었다.

–막았으면 죽을 뻔했지 뭐에요.–

"천화! 다테! 괜찮나?"

혼은 바로 천화와 다테가 있는 곳을 돌아봤다. 평화조약의 두루마리가 그들의 머리 위에 떠 있었다. 안에는 드라커와 천화, 그리고 다테가 사이좋게 서 있었다.

"어이, 유키카제. 얘 능력 이상해."

"아, 머리야."

유키카제는 지끈거리는 머리를 부여잡았다. 드라커는 천화가 확실하게 맡아 주고 있는 것으로 보였다.

검의 지평선까지 막힌 유키카제가 미간을 찌푸렸다. 검의 지평선이라는 것은 점을 공격하는 것이 아니라 면을 공격하는 것이었기 때문에 보호막이나, 방패가 아닌 이상 막을 수 없다.

혼이 단검을 쓰는 것을 보고 기회를 노려 쓴 것이었는데, 확실히 인도자에게는 천사가 딸려있어 허점을 노리기 힘들었다.

"그렇다면 부숴 버릴 뿐. 원(元) 검의 화신."

유키카제가 원을 발동하자 그녀의 뒤로 반투명한 무사가 생겨났다. 무사는 20m는 되는 크기에 한 손에는 일본도를 들고 있었다.

"캬하하! 저놈도 이걸로 끝이구만."

드라커가 외쳤다.

검의 화신. 그것은 유키카제의 원으로 파괴력만큼은 그 어떤 원가 비교해도 떨어지지 않을 정도였다. 그 파괴력은 마음만 먹으면 마을 하나를 통째로 날릴 정도.

엘리아의 원과 비교를 하더라도 떨어지는 구석이 없는 것이었다.

검의 화신은 들고 있던 일본도를 내려찍었다. 덩치는 컸지만 검의 화신이라는 이름이 붙을 정도로 빠른 일격이었다. 검의 크기로 보나 공격의 속도로 보나 막을 수 있는 일격이 아니었다.

코오오오오!

마치 운석이 떨어지는 듯한 소리가 울려 퍼졌다. 무게와 중력, 그리고 근력만으로 만들어내는 충격.

만약 일대로 검의 화신의 일본도가 땅에 부딪힌다면 이 일대의 건물들은 전부 무너져 내릴 것이 확실했다.

쿵!

땅이 비명을 질렀다. 지면이 일어나고, 건물들이 마치 순두부처럼 흘러내렸다. 천화는 수호설을 양손에 쥐고 기도를 했다. 평화협정에서 나갈 수 없는 그녀가 할 수 있는 것은 오직 수호설을 써주는 것뿐이었다.

여기저기서 벽과 건물이 무너지는 바람에 거리는 먼지

로 가득 찼다. 잔잔한 바람이 먼지를 전부 씻겨낼 때까지 결과는 알 수 없었다.

"하하하하!"

앉아있던 드라커가 벌떡 일어나며 말했다.

"끝났구나! 끝났어. 인도자도 별거 없네."

다테는 벌떡 일어나 실실 웃고 있는 드라커를 향해 주먹을 날리려 했다. 그러나 평화조약의 법칙 안에서 자유로울 수 없었다. 천화의 능력을 이미 파악한 드라커는 어깨춤을 추면서 다테를 놀렸다.

"어쩌냐? 이거 풀리면 너희도 죽을 텐데."

"다테 씨, 저기."

먼지가 걷히고 혼과 유키카제의 모습이 드러났다. 두 사람은 밀착해 있었다. 혼의 등 뒤에는 여섯 개의 칼날 날개가 달려 있었고, 세버런스가 유키카제의 목에 밀착되어 있었다.

유키카제는 움직이지 못하고 눈동자를 굴려 혼을 쳐다봤다. 혼은 그런 유키카제의 목을 가차 없이 그으며 말했다.

"너무 느려."

유키카제의 쓰러지는 모습을 보는 드라커의 동공이 커졌다. 평화협정의 시간은 거의 끝나가고 있었다. 이대로 천화의 평화협정이 끝난다면 드라커는 유키카제를 이긴 혼과 동시에 다테와 천화까지 상대해야 했다.

평화협정의 두루마리가 공중에서 사라졌다. 세 사람을 감싸고 있던 노란 빛이 사라지자 드라커는 양손을 들어 저었다.

"잠깐, 잠깐!"

드라커는 세 사람에게 시선을 주며 눈치를 봤다. 절대적인 우위에 서 있는 혼은 서두르지 않았다. 이 새로운 미궁에 대해 아는 것이 적었기 때문이다. 레드 핸드라는 7대 길드의 참모장이나 할 정도의 사람이라면 이 새로운 미궁에 대해 빠삭할 것이다.

"기다려보라고. 하하. 서두르지 말고."

"서두르지 않는다."

혼의 옆으로 리첼리아가 내려와 섰다. 리첼리아는 빙긋 웃으며 혼에게 팔짱을 끼며 말했다.

"저거 죽여도 될까요?"

"기다려봐."

"에이, 죽음의 인도자니까 막 죽여야죠. 저번 죽음의 인도자는 그러던데."

혼은 팔을 흔들어 리첼리아를 뿌리쳤다.

"들어와 있어라."

"힝, 그러죠."

리첼리아는 입을 삐죽 내밀고 다시 혼의 몸속으로 들어갔다. 드라커는 혼과 리첼리아의 대화에서 희망을 보고 살짝 긴장을 풀었다. 적어도 아직까지는 혼에게 드라커를 죽일 생각은 없는 듯싶었다.

"그러니까, 너희가 원하는 것이 정보잖아. 그지?"

"말이 잘 통하는군."

"내가 참모장이잖아. 하하하."

드라커는 애써 웃었다.

드라커가 참모장인 이유는 그가 똑똑하기 때문만은 아니었다. 원래 세계에서도 특수요원, 그것도 정보를 수집하는 역할을 맡았던 그는 정보가 곧 힘이라는 격언을 마음에 새기며 살고 있었다.

그의 성향처럼 각성으로 얻은 능력도 전부 정보를 얻기 최적화된 것들이었다.

드라커의 신체각성 능력은 진실을 보는 눈이었다.

혼처럼 미세한 안면의 움직임을 포착하는 것으로 상대가 거짓말을 하는지, 아니면 진실을 말하는지를 알아낼 수 있는 능력이었다. 그리고 이 능력의 최대 강점은 따로 있었는데 그것은 상대방의 정보가 실시간으로 떠오른다는 것이었다.

예를 들어 혼의 광대 부분이 살짝 떨려온다면 그것이 무엇을 뜻하는 것인지 드라커의 눈에 보인다는 것,

게다가 기본적인 이름과 소속된 길드 같은 정보는 언제든 확인할 수 있는 능력이었다.

전투적으로는 완전 꽝이지만 그는 그 능력으로 여러 사람들과 협력하여 7대 길드의 주축구성원이 되었다.

"거래하자고, 거래."

"무슨 거래?"

"너, 나를 죽일 생각이잖아? 그지?"

드라커의 말에 혼은 고개를 갸웃거렸다.

"무슨 소리인지 모르겠군. 난 너희가 덤볐기 때문에 죽이는 것뿐이야."

"아, 물론 그렇지. 하지만 내가 여기서 항복! 하고 살려주세요라고 빌어도 죽일 거잖아. 아니라고 하지 마. 내 능력이 거짓말 간파하는 거니까."

드라커의 말이 맞다. 혼은 드라커를 죽여야만 하는 이유가 있었다.

그것은 이 드라커와 유키카제가 혼이 인도자라는 것을 알아차렸기 때문이다. 그들의 반응과 다섯밖에 없다는 희귀성으로 보아 인도자는 이 미궁에서 중요한 전력일 것이다. 아니, 전력이 아니라 왕들일지도 모른다.

그렇다면 인도자가 다른 길드를 만들게 놔둘 것인가? 절대 아니다. 인도자가 스스로 길드를 만들든, 다른 길드로 들어가든, 레드 핸드의 입장에서는 골칫거리일 것이다.

그렇다면 지금 후퇴를 하더라도 나중에 혼을 제거하기 위해 올 가능성이 컸다. 모베라에서 연결되는 다른 안전지대는 총 3개. 그 3개를 전부 이 잡듯이 뒤지면 혼 하나 못 찾겠는가.

설령 레드 핸드가 포기하더라도 다른 길드에게 정보가 새어 나간다면 골치가 아플 수밖에 없다.

정보가 힘인 것은 혼도 알고 있었다. 혼 입장에서 자신이 죽음의 인도자라는 정보는 숨기면 숨길수록 힘이 되는 정보였다.

"능력이 그렇다면 숨길 수 없겠군."

혼은 고개를 절래 흔들더니 드라커에게 물었다.

"그럼 정보를 얻어가도록 하지. 너를 살려주는 대신."

"그래, 그래. 물어보고 싶은 거 다 물어봐. 레드 핸드는 말이야. 내 정보로 7대 길드까지 올라온 길드야. 나보다 이 미궁에 대해 잘 아는 사람은 없을걸? 그지? 유키카제……는 죽었지."

"그럼 첫 번째. 모베라에서 나가 어디로 가는 게 가장 안전하지?"

"아, 그 질문은 답하기 어려운데, 서쪽의 브로크데일이 가장 안전해. 거기는 아직 주인도 없고, 뒤를 봐주는 길드도 없어. 뭐 그만큼 워커들을 싫어하긴 하지만 딱히 해를 끼치지 않으면 통과 정도는 봐주거든. 그러니까 거기가 제일이지. 다른 길드들도 난동을 못 피우고."

"그 안전지대가 강한가 보네."

"맞아. 거기 사는 미궁인들은 정말 강하거든."

"미궁인이라면 여기 난쟁이 같은 녀석들을 말하는 건가."

"정답. 말이 잘 통해서 좋네."

드라커는 만족한 듯 고개를 끄덕였다. 드라커는 혼의 표정에서 적의를 읽을 수 없었다. 진실을 보는 눈은 어느 때라도 진실을 보여줬었다. 드라커는 혼이 정보에 만족해 자신을 죽이지 않을 것이라 확신했다.

"다른 정보를 또 물어보지."

"그래, 그래. 물어봐."

"인도자가 뭐지?"

"아아, 트라이 마스터가 된 지 얼마 안 됐구나? 이야, 우린 재수도 없지. 아무튼, 인도자란 인간의 운명을 결정하는 뭐 어쩌고 그런 건데. 중요한 건 아니잖아? 이 세계의 이야기 따위 말이야. 중요한 건 인도자들은 항상 존나 강했다는 거지."

드라커가 인도자의 강함을 인정한다는 듯이 심하게 고개를 끄덕였다. 그전까지는 인도자를 만난 적이 없었기 때문에 강해 봤자 얼마나 강하겠느냐는 생각을 했는데 이제 막 트라이 마스터가 된 혼에게 유키카제가 당한 걸 보면 소문은 사실이었다.

"현재 인도자는 3명이야. 전쟁의 인도자. 탄생의 인도자. 그리고 파멸의 인도자."

"파멸이랑 죽음이랑 뭐가 달라?"

"뭐야, 너 죽음의 인도자야?"

드라커가 황당한 얼굴로 혼에게 물었다. 굳이 숨길 필요가 없는 혼은 고개를 끄덕였다.

"문제 있나?"

"아니, 아니. 죽음의 인도자가 나온 건 아마 한 몇백 년 전이지. 근데 그 죽음의 인도자라는 놈이……."

"놈이 뭐?"

"미궁을 만들었데."

드라커는 손을 동그랗게 만들었다.

"왜, 그, 신의 보옥인가 뭔가. 우리가 찾는 그거 있잖아. 그걸로 말이야. 미친놈이지. 미친놈."

–호호호, 그때가 기억나네요. 아 추억만으로 가버릴 거 같아~!–

리첼리아가 머리에서 떠들었다. 혼은 꽤 흥미로운 정보에 감탄사를 뱉었다. 한 마디로 이 미궁이 있기 전에도 인간은 이곳으로 넘어왔었고, 그 인간 중 한 미친놈이 미궁을 만들었다는 것이었다.

"그래서, 그 인도자들은 뭘 하고 있지?"

"셋 다 왕국에서 중추적인 역할을 하고 있지. 전쟁의 인도자는 왕. 파멸의 인도자는 대장군. 그리고 탄생의 인도자도 왕이야. 3 왕국은 알지?"

혼은 고개를 끄덕였다. 많으면 두 자릿수, 적으면 5, 6개의 안전지대를 가지고 있는 길드. 안전지대는 이 길드에 충성을 맹세하며 병력과 점수를 제공한다. 절대적인 병력과 능력자의 수를 가지고 있는 왕국의 리더들이 인도자라는 것이다.

"나머지 하나는?"

"어, 그게 아직 안 나타났지. 화합의 인도자인데. 뭐 인도자라는 게 항상 다섯 명인 건 아니니까. 이제 됐나?"

드라커는 슬쩍 혼의 눈치를 보았다.

"그럼 마지막으로 한 가지 더."

"그래, 그래. 말해 봐."

"너희는 여기서 뭘 하던 거지?"

혼은 레드 핸드의 꿍꿍이마저 알아갈 생각이었다. 레드 핸드 또한 7대 길드로 미궁의 막강한 영향력을 행사하는 길드였다. 그들이 무엇을 꾸미고 있는지도 알아놓으면 훗날 분명히 도움이 될 것이다.

"아, 그게. 이건 비밀인데?"

"그럼 그 비밀 지키고 죽도록."

드라커는 황급히 손을 내저었다.

"노노노. 오케이. 말해줄게."

드라커는 입술을 적시더니 다시 한 번 신신당부했다.

"일단 이건 비밀이고, 이 말을 들어도 꼭 나가주는 거야? 약속할 수 있지?"

"약속한다."

드라커는 혼의 표정을 읽어보았다. 아무런 메시지도 떠오르지 않았다. 그 뜻은 혼이 진실을 말하고 있다는 것이었다.

약속은 공증되었다.

"그래, 그럼 뭐. 우리도 왕국을 만들 생각이야."

"왕국?"

"그래. 왕국이란 안전지대를 차지하는 걸 말해. 우린 이 모베라를 차지할 거야. 원래라면 그 오거들 때문에 점령이 힘들겠지만, 정보가 있었거든. 오거를 몰살시킬 방법이."

"방법은?"

"에이, 그건 화학적인 이야기라 말해도 못 알아들어. 거기다가 결과가 중요한 거잖아. 안 그래?"

혼은 고개를 끄덕였다.

아마 몰살시킬 방법은 리젤이 만들었다던 그 약에 있을 것이다. 그것이 레드 핸드가 쓴 수니까.

"끝인가?"

"끝이다."

혼은 고개를 끄덕였다. 드라커는 안도의 한숨을 내쉬었다. 지금까지 혼의 말에는 거짓이 보이지 않았다.

"약속 잊지 마라. 그리고 거기 여자랑 남자! 너희도 말이야. 어. 우리 대장이 약속했을 뿐, 우린 약속한 적 없다. 뭐 이런 억지 논리 하지 말라고."

드라커가 천화와 다테를 가리키며 외쳤다. 천화와 다테는 어이가 없다는 듯이 실소를 터트렸다.

"그럼 원을 발동할 테니까. 놀라지 말라고."

"원?"

"그래. 유키카제는 살려야지."

드라커는 미소를 지으며 손가락을 튕겼다.

"약속 지키라고. 원(元) 회귀."

드라커의 원이 발동됨과 동시에 다섯 사람이 동시에 사라졌다.

❖

드라커가 눈을 뜬 곳은 혼을 잡으러 가던 길이었다. 겨우 살아난 유키카제는 주변을 둘러보며 한숨을 내쉬었다.

"능력을 썼나?"

"그래, 뭐, 적의 전력을 알아냈으니까. 변수가 좀 컸지."

드라커가 미소를 지었다.

시간 회귀.

정보를 수집하는 기술 중 최강의 기술이었다. 기본적으로 정보를 아무리 열심히 수집해도 알아낼 수 없는 정보들이 존재한다. 그것은 처음 만난 적의 전력, 혹은 함정이나 적의 노림수 같은 것도 포함된다.

시간 회귀는 그러한 적의 필살기를 무위로 돌리는 능력이었다. 적을 탐색하고 시간을 되돌려 상황을 다시 전으로 돌린다.

기본적으로 드라커는 그렇게 보험을 들어놓고 움직였다. 정보는 힘. 혼은 매우 강력했지만 이제 드라커는 메이즈 헌터의 전력을 누구보다 잘 알 수 있게 되었다.

인도자가 존재한다는 것을 알아낸 것만으로도 능력을 사용할 가치는 있었다. 전 세계에 최대 5명밖에 존재할 수 없는 인도자. 그는 소문만큼 강력했다.

드라커는 오랜만에 심각한 얼굴로 말했다.

"진실의 눈으로 본바, 그놈들은 이제 나가 브로크데일로 향할 거야. 우리는 우리 할 일만 하면 된다고. 유키카제."

"감사를 표하지."

유키카제는 고개를 꾸벅 숙였다.

"이제 시작이야. 단단히 마음먹으라고."

유키카제는 고개를 끄덕였다.

그 시각, 혼은 야롱의 집 앞에 서 있었다.

"당장 나가. 그편이 너희한테 좋을 걸세."

코렐은 과거 들었던 작별 인사를 건네고 있었다. 혼과 천화, 그리고 다테는 서로를 바라보았다.

'시간을 돌렸구나.'

과거로 돌아온 것이다. 다행히도 혼 일행의 기억은 온전했다. 드라커의 능력은 능력이 발동한 그 지역에 있는 모두가 기억을 가지고 과거로 돌아가는 것이었다.

코렐은 세 사람이 우물주물거리자 눈을 치켜뜨며 말했다.

"무슨 문제라도 있나?"

"문제가 있긴 한데."

혼은 주변을 둘러보았다.

"모베라의 오거들을 다 죽인다는 게 무슨 말이지?"

혼은 레드 핸드의 계략이 무엇인지를 알아낼 필요가 있었다. 레드 핸드의 참모장이 오거를 전부 죽여야 한다고 말하는 것을 보면 오거의 존재는 모베라 전력의 전부라고 볼 수도 있었다.

그런 오거들을 다 죽인다? 평범한 방법은 아닐 것이다. 혼은 그 방법에 대해 알아야 했다.

드라커, 그리고 유키카제를 죽이기 위해.

"자네들 뭔가를 알아냈구먼. 1분 전과는 완전 표정이 달라. 무슨 일이 있었지?"

코렐이 팔짱을 낀 자세로 고개를 숙였다. 혼은 머리를 긁적였다. 시간을 회귀해서 과거로 돌아왔다는 말을 설명할 필요는 없을 것이다.

"말해도 믿을지는 모르겠지만 미래 여행 좀 하고 와서

말이야. 어쨌든 오거를 다 죽일 방법이 뭐라고 생각하나? 할배는 알고 있을 거 같은데."

오거에 대해서는 코렐이 전문가였다. 그가 모른다면 레드 핸드의 작전을 알아내기 힘들 것이다.

다행히 코렐은 짐작 가는 바가 있는지 입을 열었다.

"리젤의 약에는 심한 부작용이 있지. 레드 핸드는 그것을 알고 이용하려는 것 아닌가?"

"그래? 거기까지 알고 있다면 말이 쉽겠네. 그 부작용은 뭐지?"

"폭주. 하지만 극히 드문 확률이야. 그러니까 부작용이지."

"확률은?"

"0.1%."

"엄청나게 높네. 지구에서 그 정도면 약이라고도 안 불러."

"그래서 내가 백신을 만들고 있지. 아직까지는 폭주가 없지만 언제 일어날지 모르니까. 다만 그건 리젤의 약 효과를 전부 없애버려."

냉정하게 판단한 코렐과는 달리 리젤은 약이 완성되었다고 믿었다. 0.1%는 그저 처리해버리면 된다. 1,000마리의 오거들 중 한 마리의 폭주는 다른 오거를 이용해 막으면 된다. 게다가 사건 발생의 빈도가 0.1%라면 과거에 비해 현저히 낮은 수치였으니까.

오거를 끝까지 옹호하다가 사람들에게서 버림받은 코렐이 숨어서 연구를 계속하던 것은 혹시나 모를 재앙을 막기 위해서였다. 0.1%라는 확률은 어디까지나 임상시험의 결과였다. 실제로 오거에게 주입했을 때 어떤 일이 벌어질지는 그 누구도 예상할 수 없었다.

그것이 0.1%일지, 1%일지, 10%일지 말이다.

"뭐, 우리랑은 상관없는 이야기야."

혼은 냉정하게 말했다.

"허허허, 그렇지. 그래. 워커들에게는 상관없는 이야기지."

코렐이 한숨 섞인 말을 토했다.

"그러나."

혼의 말에 천화와 코렐의 시선이 모였다.

"난 그 드라커를 죽여야겠다. 유키카제도."

천화는 혼의 말에 고개를 갸웃했다.

"그냥 가기로 한 것이……."

"미궁의 미덕은 거짓말이지."

혼이 씩 웃었다. 천화는 놀란 듯 눈을 동그랗게 뜨고 물었다.

"그런데 그 남자의 능력은 진실을 보는 눈이라고 분명……."

"아 그 능력? 별거 없더라고."

혼은 씩 웃었다.

"난 거짓말 탐지기도 피해 가는 사람이야. 결국, 신체의 미세한 떨림과 움직임으로 상대의 거짓말을 간파하는 기술은 상대가 고도의 사기꾼이면 무용지물이지. 마음을 읽는 초능력이어도 난 속일 수 있어. 연기라는 게 원래 자기 자신을 속이는 것이거든."

-오~ 저도, 저도 속았어요. 전 일심동체인데도 속네요?-

리첼리아가 하이톤으로 감탄사를 뱉었다.

혼은 처음부터 자신이 인도자라는 것을 알고 있는 드라커와 유키카제를 살려 보낼 생각이 없었다. 단순히 드라커를 속이기 위해 혼신의 연기를 했을 뿐. 다행히도 드라커는 속아 넘어가 정보를 전부 뱉어냈다.

"자, 그럼 가자."

혼은 천화와 다테에게 말을 하고 앞으로 걸어나갔다. 그는 마지막으로 코렐을 돌아보며 말했다.

"그 둘은 내가 죽일 테니, 폭주는 댁이 알아서 하슈."

코렐은 그런 혼을 가만히 쳐다보다가 실소를 터트렸다.

"허허, 안 그래도 알아서 할 생각이었네."

코렐은 그렇게 멀어져 가는 혼의 뒷모습을 끝까지 바라봤다.

〈5권에서 계속〉